紅樓夢新論

——閒枕脂評夢紅樓

王關仕　著

三民書局

國家圖書館出版品預行編目資料

紅樓夢新論：閒枕脂評夢紅樓／王關仕著.－－初版一刷.－－臺北市：三民，2013
面； 公分.－－(文苑叢書)

ISBN 978-957-14-5747-5 (平裝)

1. 紅學 2. 研究考訂

857.49 101024137

© 紅樓夢新論
——閒枕脂評夢紅樓

著作人 王關仕
責任編輯 康培筠
美術設計 郭雅萍

發行人 劉振強
著作財產權人 三民書局股份有限公司
發行所 三民書局股份有限公司
地址 臺北市復興北路386號
電話 (02)25006600
郵撥帳號 0009998-5
門市部 (復北店) 臺北市復興北路386號
(重南店) 臺北市重慶南路一段61號

出版日期 初版一刷 2013年1月
編號 S 821100
行政院新聞局登記證局版臺業字第〇二〇〇號

ISBN 978-957-14-5747-5 (平裝)

http://www.sanmin.com.tw 三民網路書店

自序

閒居蒔花除草，寫字讀書，匆匆八易寒暑。重溫《紅樓夢》，神怡良辰美景馥華天，賞心樂事大觀園。每有意會，隨手寫下。積稿改易數次，合為《紅樓夢新論》。這是繼《紅樓夢研究》、《微觀紅樓夢》、《紅樓夢指迷》之後，溫故所知新，故名本書為《紅樓夢新論》，計分三輯。

第一輯析論人物、解讀詩詞、詮釋名詞。乃前三本拙著較鮮及。第二輯對作者的論證，分清石頭追述故事，和曹雪芹加工的部分。第三輯是對古本《石頭記》校勘，及過錄年代的探究。皆與紅學前修有不同的寫法和相異的管見。

曾甚囂塵上的《紅樓夢》地點爭論，自南京近年出土有關《紅樓夢》的文物後，已塵埃落定。也證實了脂硯先生的批及其同時期評者的批可信。這就突顯出證據的重要。證據越多，真相越明。故本書大量引用古本《紅樓夢》原文及脂評，作為所論的憑藉，以避免空泛。詩詞的釋譯，偶有設身處地，斟情度景的，也力求和原文合拍。

多年前對「一從二令三人木」判詞謎，猜是「檢」字。承蒙紅學者過譽為「類似發現新大陸」。❶本書中似有幾個「小島」類之。才疏學淺，難免有誤。期待方家鑒評匡正。行文摛詞，欲雅俗共賞，跟時代同步。更請廣大讀者惠賜指教。

茲承三民書局劉董事長振強先生惠予出版，并此致謝。

研究《紅樓夢》四十餘年感懷：

紅樓夢裏寶山藏，翡翠羊脂放異光；
妙趣詩情閨秀語，佰年幸挹墨華香。
竹館絳珠淚已還，三生石上字斑斑。
脂評舉隅幽芳景，夢覺紅樓月半彎。

辛卯年秋　王關仕於臺北

❶《紅樓夢之謎》，頁二二二。文化藝術出版社，北京。
《紅樓夢研究》，頁八〇至八一。東大圖書公司，臺北。

紅樓夢新論——閒枕脂評夢紅樓

目次

自序

輯一

從瀟湘館看林黛玉……003
林黛玉的健康……016
林黛玉的隱意識……025
論林黛玉的結局……030
從蘅蕪苑看薛寶釵……045
從秋爽齋看賈探春……066
巧姐的姻緣……085

秦可卿秦鍾的命名……094
論姓名與五行……098
丫鬟的姓名與其小姐……101
黃子釋義……125
太虛幻境的隱義新探……126
紅樓夢的密碼詩聯……131
賈母之於寶玉的婚姻……138
林薛食蟹詩析評……155
鬼臉青與鬼胎青……162
妙玉請品梅花雪茶探微……164
賈寶玉的學名試探……169
裕瑞〈後紅樓夢書後〉的啟示……178
四郡王……182
薛寶琴與邢岫烟李紋李綺……185
十二女伶……189
從賈蘭看曹寅……195

林薛應制詩析論……198
元妃賜姊妹何書……215
林黛玉的詩號與賈島詩……217

輯二

賈寶玉即脂硯齋新證……221
寶玉脂硯二名一身……226
石頭記作者是脂硯齋新證
——石頭、賈寶玉、脂硯齋為一人……232

輯三

分回前的石頭記……239
曹雪芹對石頭記的加工……242
甲戌本凡例的誤置……253
甲戌本過錄年代新探……256

脂硯齋重評石頭記己卯本過錄年代新探……258
全抄本楊繼振題署新論……260
甲戌本脂批補校……262

輯一

從瀟湘館看林黛玉

《紅樓夢》諸釵入住榮國府大觀園者，有賈迎春、賈探春、賈惜春、李紈、林黛玉、薛寶釵、妙玉。她們對館舍的入住，或依個人的喜愛，或經特定的安排。作者為文的用心，在以景觀的設計，陳設的殊異，來烘托、反映，暗喻其居住主人的性情、為人，和命運。讓讀者觀其居所及陳設，而可想見其人。

大觀園中唯一的男住戶是賈寶玉。這個園林是為元春省親駐蹕而建。她遊幸後，即命開放給她們入住；寶玉也是奉旨入住受「看管」。他住怡紅院，和瀟湘館隔溪相望。兩處都接近賈府的權力中心賈母院及王夫人房。

林黛玉和賈寶玉的前世，有一段「木石因緣」。黛玉前世下凡，即為以眼淚報答寶玉前世灌溉之恩。今生成為表兄妹，相聚相愛於榮國府。

庚辰本第十七回至十八回：

（賈政）忽抬頭看見前一帶粉垣，裏面數楹修舍，有千百竿翠竹遮映。……入門，便是曲折游廊；階下，石子漫成甬路。上面小小兩三間房舍，一明兩暗。裏面都是合着地步打就的床几椅案。

從裏間房內，又得一小門；出去則是後院。有大株梨花，兼着芭蕉。又有兩間小小退步。後院墻下忽開一隙，得泉一派，開溝僅尺許，灌入牆內。繞階緣屋，至前院，盤旋竹下而出。

賈政笑道：「這一處還罷了。若能月夜坐此窗下讀書，不枉虛生一世。」……。寶玉道：「這是第一處行幸之處，必須頌聖方可。若用四字的匾，……莫若『有鳳來儀』四字。」❶

同回：

元妃……擇其幾處最喜者賜名。按其書云：

……

「有鳳來儀」賜名曰「瀟湘館」。❷

庚辰本第二十三回：

林黛玉……便笑道：「我心裏想着瀟湘館好，愛那幾竿竹子，隱着一道曲欄，比別的更覺

❶ 庚辰本，頁三二一至三二三。

❷ 庚辰本，頁三五七。

幽靜。」……林黛玉住了瀟湘館。❸

庚辰本第二十六回：

（寶玉）只見鳳尾森森，龍吟細細。舉目望門上一看，只見匾上寫着「瀟湘館」三字。❹

庚辰本第三十七回：

李紈道：「……何不大家起別號，彼此稱呼則雅。……」探春因笑道：「如今他又住的是瀟湘館。他又愛哭，……那些竹子也是要變成斑竹的。以後都叫他瀟湘妃子就完了。」❺

庚辰本第四十回：

先到了瀟湘館。一進門，只見兩邊翠竹夾路，土地下蒼苔佈滿。中間羊腸一條石子漫的路。……劉姥姥因見窗下案上設着筆硯。又見書架上磊滿滿的書。劉姥姥道：「這必是那位哥兒的書房了。」賈母笑指黛玉道：「這是我這外孫女兒的屋子。」劉姥姥……方笑道：「這

❸ 庚辰本，頁四八〇。

❹ 庚辰本，頁五五一至五五二。

❺ 庚辰本，頁七八一至七八二。

那像個小姐的繡房。竟比那上等的書房還好。」❻

瀟湘館是一所深隱的修舍。從大門到其房門的院子，能容納千百竿翠竹，也不算小。一道細流，繞屋周舍，蜿蜒竹間而出。黛玉居正中略凸出這間。靠後些左右各間耳房，當是奶媽及丫鬟婆子們的臥室。耳房後面相連各一小間「退步」，與正房形成一個窄小的後院，其中植了一株梨花和一棵芭蕉。筆者淺見，這是特為林黛玉而設計的。用意在隱含居主的姓名。茲分三點淺論如後：

一、千百竿竹，暗藏「林」字。綠竹猗猗，「黛」色何其多。流水周於舍下，蜿蜒幽篁之中，「玉」聲泠泠。

二、院內竹林中的泥地，蒼苔滿地，「黛」綠處處。其中唯一小小的通道，路面是石子漫成。以「山子野」老先生的精湛造園藝術言，筆者推測此羊腸小路，上面鋪的是白色的小石頭。合乎竹暗路明的對比。石玉同類，如漢白玉。如此就襯托出「玉」字來。

三、後院種了梨花一株，芭蕉一本。「綠臘春猶捲」，中含「黛」字。梨花如雪，色白如「玉」。

❻ 庚辰本，頁八四八。

再論瀟湘館與林黛玉的性格修為

當賈政一看到瀟湘館的深隱，適合讀書環境，便暗示賈寶玉暇閒時來此專心攻讀。元妃將大觀園開放給姐妹們入住。寶玉沾光，成為大觀園內唯一的男性住戶。他性喜熱鬧，選了光鮮富麗的怡紅院。和瀟湘館近水樓臺，紅綠相望。

翠竹歲寒後凋，有節氣，正直不阿，高雅自潔。瀟湘館幽靜的氛圍，反映出林黛玉的性格。她又喜讀書，其擇居於此，倒印證了賈政的眼光。古人以竹比君子，黛玉的正直可知。

瀟湘館的建築體，是一明二暗共三間房。筆者推測與前修略異❼。認為三間房略似「晶」字排列。而左右兩間各半壁共用中間主人房側壁而略靠後；各有房門貫通中央凸出的主人房。

林黛玉的閨房，即「明」的一間。格局是前書房，後臥室。大約以書架為隔屏。她從揚州帶來出身探花的父親所遺書籍，正可放置架上。綠窗下，飽讀詩書，或做女紅。有餘興，教鸚鵡誦〈葬花吟〉；或倚曲欄聽「龍吟細細」。壁間陳設，有琴一張。惜未見其技，只能想像她撫絃於「鳳尾森森」下，獨遣幽懷於翠篁中了。

至於「退步」兩小間，當是在丫鬟們、奶媽和婆子們分住的左右「暗」房的後面。相對各一，和

❼ 彩畫本《紅樓夢校注》，頁一九五一。里仁書局，臺北。

主體三間，形成一窄長的小後院。中植梨花（明）、芭蕉（暗）各一。雨打蕉葉，聲聲催淚滴到明。

瀟湘館前院，琅玕葉翠風清，迎霜拒塵。簷溝庭渠，流珠漱玉。竿上雨水，停留漬沁，如臉上斑斑點點的淚痕，象徵黛玉喜潔、好哭的天性。所以詩號「瀟湘妃子」。可以說瀟湘館是林黛玉演出〈還淚記〉（筆者虛擬）的主要舞臺。回首前塵，重溫舊夢的脂硯先生淚宜其多。

甲戌本第二十八回：

（雲兒）於是拿琵琶，聽寶玉唱道：

滴不盡相思血淚拋紅豆，❽
開不完春柳春花滿畫樓。
睡不穩紗窗風雨黃昏後，
忘不了新愁與舊愁。
嚥不下玉粒金蓴噎滿喉，
照❾見菱花鏡裏形容瘦。

---

❽ 甲戌本無血字，據庚辰本補。紅豆形容血淚。庚辰本是。

❾ 甲戌本有不字，據庚辰本刪。筆者憶音樂教科書歌詞作「瞧不盡」應是原文。「瞧」、「照」形近；「盡」草書近似「見」而抄手誤認。今為合文意，只好從庚辰本刪去「不」字。如作「照見」……，不好唱。

展不開的眉頭，
捱不明的更漏。
呀！恰便是
遮不住的青山隱隱，
流不住的綠水悠悠。

唱完，……寶玉飲了門杯，便拈起一片梨來，說道：
雨打梨花深閉門。

這支曲，寫的就是林黛玉在瀟湘館內，淚眼對後院雨中梨花即景。畫「樓」泛指榮府大觀園的館舍樓閣華麗建築物。樓館義通，如「賈迎春住了綴錦樓」❿應和探春、黛玉等一樣，住的皆是平房。只有元春駐蹕的正殿例外。

此曲文生動地畫出痴情小姐林黛玉的多愁善感。「遮不住的青山隱隱」，重描她的兩彎罥烟眉黛；兼寫黛玉的表字「顰顰」。「流不住的綠水悠悠」，描繪出淚盡債清方始休的情緣宿命。行文之妙，在前呼後應，詞潔而意贍，情景交融；以實象涵攝虛象，具畫面美。

茲錄林黛玉〈題贈帕〉詩之三為證：

❿ 庚辰本，頁四八一。

彩線難收面上珠，湘江舊跡已模糊。
窗前亦有千竿竹，不識香痕漬也無？

這是她的自我寫照啊！

甲戌本第五回：

〈紅樓夢〉曲第三支〈枉凝眉〉：

一個是閬苑仙葩，（林黛玉前世）
一箇是美玉無瑕。（此句指賈寶玉）
若說沒奇緣，
今生偏又遇着他；
若說有奇緣，
如何心事終虛花。（虛花，不結果實）
一箇枉自嗟呀，（指寶玉）
一個空勞牽掛。（指黛玉）
一箇是水中月，（指寶玉）

一箇是鏡中花。(指黛玉)

想眼中能有多少淚珠兒,

怎經得秋流到冬盡,

春流到夏。⓫

林黛玉前世是「西方靈河岸上三生石畔」的一株「絳珠草」。因「神瑛侍者日以甘露灌溉,這絳珠草……得換人形,僅修成箇女體,終日遊于離恨天外」,「近日神瑛……下世為人,……」絳珠也下世為人,「但把我一生所有的眼淚還他」。

脂硯齋⓬在「絳珠草」右側批:

點紅字。細思絳珠二字,豈非血淚乎。⓭

⓫ 甲戌本,卷五,頁一二乙面。蒙府本、戚本皆作虛花,甲戌本作虛話。從蒙、戚本改。

⓬ 脂硯齋是《石頭記》一書最早的批書人的筆名。後來看此稿的讀者中,有知「撰書底裏」者,或局外人也在書上加上了批語。脂硯齋再批該書時,便在自己的批下簽署「脂硯」、「脂硯齋」以與他人的批區別;其中是他的批也有未簽名的。(他前後共批閱了四次)後人把所有在書上有無署名的批都和脂硯齋本人的批混稱為「脂硯齋批」或「脂批」。沿用既久,只好從眾。

⓭ 甲戌本,卷一,頁九甲面至乙面。

絳珠意為紅色的珠；血淚也像紅色的珠。林黛玉前世已起「還淚」之念，故隨識流轉。佛家說三十三天中，有位「常啼菩薩」。作者的靈感，似乎受到常啼菩薩名號的影響而寫黛玉今生常啼的現象。

林黛玉的言施

佛家以布施為六度之一。儒家「己達達人」相似於布施中的法施。

庚辰本第四十八回：

且說香菱見過衆人之後，……便往瀟湘館中來。此時黛玉（病）已好了大半。……香菱因笑道：「……好歹教給我作詩，就是我的造化了。」黛玉笑道：「既要作詩，你就拜我作師。我雖不通，大畧也還教得起你。」香菱笑道：「果然這樣，我就拜你作師。你可不許膩煩的。」黛玉道：「什麼難事也值得去學。不過是起、承、轉、合；當中承、轉是兩幅對子，平聲對仄聲，虛的對實的，實的對虛的。若是果有了奇句，連平仄虛實不對都使得的。」香菱笑道：「怪道我常弄一本舊詩，偷空兒看一兩首。又有對的極工的，又有不對的。又聽說

『一三五不論，二四六分明。』看古人的詩上亦有順的，亦有二四六上錯了的。……原來這些格調規矩竟是末事，只要詞句新奇為上。」

黛玉道：「正是這個道理。詞句究竟還是末事。第一主意要緊。若意趣真了，連詞句不用修飾，自是好的。這叫做不以詞害意。」

香菱笑道：「我只愛陸放翁的詩：

重簾不捲留香久，
古硯微凹聚墨多。

說的真有趣。」

黛玉道：「斷不可學這樣的詩。你們因不知詩，所以見了這淺近的就愛。一入了這個格局，再學不出來的。……我這裏有《王摩詰全集》。你且把他的五言律讀一百首，細心揣摩。透熟了然後再讀一二百首老杜的七言律、次再李青蓮的七言絕句讀一二百首。肚子裏先有了這三個人作了底子，然後再把陶淵明、應瑒、謝、阮、庾、鮑等人的一看，……不用一年的工夫，不愁不是詩翁了。」……便命紫鵑將王右丞的五言律拿來，遞與香菱。又道：「你只看有紅圈的，都是我選的。……不明白的問你姑娘（寶釵），或者遇見我，我講與你就是了。」⓮

⓮ 庚辰本，頁一〇四一至一〇四三。

庚辰本第四十八回：

黛玉道：「聖人說『誨人不倦』。他又來問我，我豈有不說之理。」⓯

林黛玉教香菱學作詩的原則和方法，是諸釵中的僅見。她也教瀟湘館的鸚鵡吟誦她的作品古體詩〈葬花吟〉，也算有教無「類」，但出於自己消遣，不同於香菱「來學」。

現分條評述黛玉的「詩教」：

一、詩的章法是起、承、轉、合。「承、轉是兩幅對子」，純指律詩而言，她應先將詩的體裁加以分別說明。古體詩和近體詩的平仄有些不同；且對仗的種類很多，不是「虛的對實的，實的對虛的」所能概括。香菱說的「一三五不論，二四六分明」法則，不適於五言律詩。五律的三要論；七律的五要論。她並未加以糾正。大匠不因拙工廢繩墨。對初學者而言，守「規矩」才能成「方圓」。

二、黛玉將作詩、為文的重點指示出來了。立意最要緊，修辭次之。意是主，詞是從。

三、取法乎上，僅得其中。她說先讀唐代名家詩作基礎，是絕對正確，「積學以儲寶」，熟讀唐詩三百首，不會吟詩也會吟。再讀六朝詩，以贍其詞，是學詩的坦途。

四、黛玉命丫頭紫鵑從王維的全集中，取出五言律詩給香菱，可見紫鵑比怡紅院的首席侍兒

⓯ 庚辰本，頁一〇五〇至一〇五一。

襲人有文化。這兩個人原本都是賈母的丫鬟。襲人先派給了寶玉，紫鵑後派給黛玉。推測紫鵑和襲人一樣本不識字。該是服侍黛玉後，黛玉教她識字。寶玉有時間調脂弄粉，而不教襲人認字，有愧於他最倚重的「賢」丫頭。

同樣，香菱五歲時被拐去，十三歲遇薛蟠。到此時已能讀陸游詩，這應歸功於薛寶釵的指教。如此看來，薛、林高於賈寶玉遠矣。

林黛玉的健康

人的一生好比一部電腦，生理像其硬體，心理有如軟體。二者都正常，生活才能平順。否則必不利於其天年及事業。

林黛玉的前生是一株絳珠草，因神瑛侍者的灌溉，及天地精華和雨露滋養，脫胎換骨，修成女體。在神瑛下凡不久，為了要報灌溉之惠，要下凡以眼淚還他，乃懷著悒鬱轉世。可見她身體羸弱，心結難解，其來有自。現在從這兩個面向，來看她的健康情形及其結局如何。

一、生理方面

甲戌本第三回：

黛玉笑道：「我自來是如此。從會喫飲食時便喫藥，到今未斷。請了多少名醫修方配藥，皆不見效。……如今還是喫人參養榮丸。」……嬌襲一身之病，……病如西子勝三分。❶

❶ 甲戌本，卷三，頁五甲面至一四甲面。

甲戌本第二十八回：

王夫人……因問道：「大姑娘，你喫那鮑太醫的藥，可好些？」林黛玉道：「也不過這麼着。老太太還叫我喫王大夫的藥呢。」❷

庚辰本第三十五回：

林黛玉自不消說，平素十頓飯只好吃五頓。❸

庚辰本第四十五回：

黛玉每歲至春分、秋分之後，必犯嗽疾。今秋又遇賈母高興，多遊玩了兩次，未免過勞了神。近日又復嗽起來，覺得比往常又重。所以總不出門，只在自己房中將養。❹

庚辰本第六十五回：

❷ 甲戌本，卷二八，頁四甲面。
❸ 庚辰本，頁七四三。
❹ 庚辰本，頁九七二。

興兒拍手笑道：「……一個是偺們姑太太的女兒，姓林，小名兒叫什麼黛玉。……一身多病，這樣天還穿裌的，出來風兒一吹就倒了。我們……都叫他『多病西施』。……自己不敢出氣，是生怕這氣大了，吹倒了姓林的。……」❺

林黛玉的先天不足，所以一生和藥結下不解之緣。春分、秋分，是「二四八月亂穿衣」的時節，最難將息。或因花粉、塵蟎引起過敏，而感冒、咳嗽，甚至氣喘。林黛玉體弱多病，抵抗力差。進餐次數又只到常人的一半，熱量不足。想那瀟湘館裡常滿室藥香，其他諸釵房中是難得幾度「聞」的。

黛玉常服的人參養榮丸，參諧音「身」；丸諧音「完」。甲戌本第三回回目作「榮國府收養林黛玉」，那麼此藥名便暗藏林黛玉的「人身」，「養」在「榮」國府就「完」了。命中註定，後天難調。印證了佛家所說的「病苦」。

二、心理方面

甲戌本第三回：

---

❺ 庚辰本，頁一四八五至一四八六。

寶玉……細看（黛玉）……態生兩靨之愁。……心較比干多一竅，病如西子勝三分。……

（寶玉第一次摔玉）

鸚哥（紫鵑）笑道：「林姑娘正在這裏傷心，自己淌眼抹淚的說，……今兒纔來了，就惹出你家哥兒的狂病來；倘或摔壞那玉，豈不是因我之過？」……

襲人道：「……若為他這種行止，你多心傷感，只怕你傷感不了呢。快別多心。」❻

甲戌本第五回：

……薛寶釵……品格端方，容貌豐美，人多謂黛玉所不及。……比黛玉大得下人之心。……

因此黛玉心中便有些悒鬱不忿之意。……

這日，不知為何他二人（寶玉、黛玉）言語有些不合起來，黛玉又氣的獨在房中垂淚。❼

庚辰本第二十回：

寶釵走來道：「史大妹妹等你呢。」說着便推寶玉走了。這裏黛玉越發氣悶，只向窗前流淚。沒兩盞茶的工夫，寶玉仍來了。林黛玉見了，越發抽抽噎噎的哭個不住。❽

❻ 甲戌本，卷三，頁一四甲面至一七甲面。

❼ 甲戌本，卷五，頁一甲面至二乙面。

❽ 庚辰本，頁四一八。

庚辰本第二十二回：

那小旦纔十一歲，……鳳姐笑道：「這個孩子扮上活像一個人。……」……史湘雲接着笑道：「倒像林妹妹的模樣兒。」寶玉聽了，忙把湘雲瞅了一眼，使個眼色。衆人却都聽了這話，留神細看，都笑起來了。……湘雲道：「說給那些小性兒，行動愛惱的人，會轄治你的人聽去，……」……

林黛玉冷笑道：「……我原是給你們取笑的，拿我比戲子取笑。」……

黛玉又道：「……再你為什麼又和雲兒使眼色，這安的是什麼心？……」❾

甲戌本第二十七回：

林黛玉正自悲泣，……寶玉等關了門，方轉過來，猶望着門，灑了幾點淚；自覺無味，便轉身回來。……紫鵑、雪雁素日知道他的情性，無事悶坐，不是愁眉，便是長嘆。……常常的就自淚自乾。……黛玉倚着床欄杆，兩手抱着膝，……直坐到三更天，方纔睡了。❿

甲戌本第二十八回：

---

❾ 庚辰本，頁四五四至四五七。

❿ 甲戌本，卷二七，頁一甲面至乙面。

黛玉……餞花之期，……勾起傷春愁思，……感花傷己，哭了幾聲，便隨口念了幾句（葬花吟）。……黛玉因說道：「……比不得寶姑娘什麼金，什麼玉……你心裏有妹妹；但只是見了姐姐就把妹妹忘了。」⓫

庚辰本第二十九回：

（寶玉第二次摔玉，襲人勸解）黛玉一行哭着，一行聽了這話說到自己心坎兒上來。……越發傷心大哭起來，心裏一煩惱，方纔吃的香薷飲解暑湯，便受不住，哇的一聲都吐了出來。……一個在瀟湘館臨風灑淚。⓬

庚辰本第三十四回：

黛玉還要往下寫（題帕詩）時，覺得渾身火熱，面上作燒。走至鏡台、揭起錦袱一照，只見腮上通紅，自羨壓倒桃花。却不知病由此萌，……⓭

⓫ 甲戌本，卷二八，頁一甲面至一八乙面。

⓬ 庚辰本，頁六三二至六三六。

⓭ 庚辰本，頁七二六。從校注本萌上補「此」字。

庚辰本第四十五回：

（黛玉）又聽見窗外竹梢、蕉葉之上，雨聲淅瀝，清寒透幕。不覺又滴下淚來。直到四更將闌，方漸漸的睡了。⓮

庚辰本第五十七回：

襲人……哭道：「……那個獃子眼睛也直了，……死了大半個了。……」黛玉一聽此言，……哇的一聲，將腹中之藥一概嗆出，抖腸搜肺，熾胃扇肝的痛聲大嗽了幾陣，……喘的抬不起頭來。……

黛玉聽了這話，口內雖如此說，心內未嘗不傷感。待他（紫鵑）睡了，便直泣了一夜；至天明方打了一個盹兒。⓯

庚辰本第六十七回：

惟有林黛玉看見他家鄉之物，反自觸物傷情。想起父母雙亡，又無兄弟；寄居親戚家中，

⓮ 庚辰本，頁九八三。

⓯ 庚辰本，頁一二六一至一二七一。

那裏有人也給我帶些土物來？想到這裏，不覺的又傷起心來了。紫鵑深知黛玉心腸，也不敢說破。……勸道：「……這裡老太太們為姑娘的病體，千方百計請好大夫配藥診治，也為是姑娘的病好。這如今才好些，又這樣哭哭啼啼，……姑娘這病，原是素日憂傷過度，傷了血氣。姑娘的千金貴體，也別自己看輕了。」⓰

由上列引文，可歸納出幾個造成林黛玉的「催淚彈」的心理因素：一顆八竅心，蓋為多心、多疑、多妒、多愁、多情、好勝、多氣（怒）、多感，是淚水的源頭。

賈寶玉第一次摔玉，林黛玉歸咎是她來了才有此舉，這是多心。史湘雲佩有金麒麟，引起她的不安，是多疑。所幸不久湘雲便訂婚了，她心頭壓力減輕些。薛寶釵才貌出眾，品格端方，深得人心。相形自己孤高無援，不免有嫉妒之心，視之為情敵。傷春「哭的好不傷感」而有〈葬花吟〉之作。落花非無情，化泥又護花，是多情。「獨倚花鋤淚暗灑」，「儂今葬花人笑痴，他年葬儂知是誰」，「一朝春盡紅顏老，花落人亡兩不知」。感秋「已覺秋窗秋不盡，那堪風雨助淒涼」。「不知風雨幾時休，已教淚灑窗紗濕」。自悲身世的孤零而作〈秋窗風雨夕〉詩。次年春，林黛玉重建詩社，改海棠社為桃花社，作〈桃花行〉，中

⓰ 庚辰本，頁一五〇九至一五一〇。

有句云：

「桃花簾外開仍舊，簾中人比桃花瘦。」「憑欄人向東風泣，茜裙偷傍桃花立。」「憔悴花遮憔悴人，花飛人倦易黃昏。一聲杜宇春歸盡，寂寞簾櫳空月痕。」這三首都是多感多愁。

黛玉的詞，有〈唐多令〉一闋。其下片云：「草木也知愁，韶華竟白頭。嘆今生誰拾誰收？嫁與東風春不管，憑爾去⓱，忍淹留。」其詩友們「俱點頭感嘆，說：『太作悲了。好是固然好的。』……」這是多愁善感而發為詞章。看她借花自傷，悲情滿紙；紅顏薄命，對映灑淚。病後身輕似柳絮，隨風飄泊怨春神。博得眾詩友一致評為：「纏綿悲戚，讓瀟湘妃子」的賞譽。

綜合以上引文，可看出林黛玉的健康不佳，一是身體「怯弱」，二是「多病」。二者交互影響，心理上的病尤其嚴重。年齡愈長，終身大事的壓力日益增加。孤寂無安全感，乃至食次半減，甚至食不下咽。「藥補不如食補」，「心病仍須心藥醫」。她經薛家母女勸慰後，病體有些起色就是明證。賈寶玉曾要她「放心」，但她仍是「執著」。佛門所謂的「放下」，談何容易。

⓱ 庚辰本，頁一五九〇。「誰拾」同己卯本。程甲本、有正本、甲辰本、蒙府本、全抄本作「誰捨」，此不從；「你去」，己卯本、列藏本作「爾去」，今從之。

林黛玉的隱意識

居有竹千竿，形成一個障蔽深隱的環境。黛玉愛竹，喜瀟湘館的幽靜；得沈浸詩、書，賞竹玩鳥，敲棋品茶，生活異於隱士者幾希。她看中瀟湘館的主因，是性喜獨處，意識在隱。

庚辰本第三十八回：

〈問菊〉　　瀟湘妃子

欲訊秋情眾莫知，
喃喃負手叩東籬。
孤標傲世偕誰隱？
一樣花開為底遲？
圃露庭霜何寂寞，
鴻歸蛩病可相思？
休言舉世無談者，
解語何妨片語時。❶

❶ 庚辰本，頁八一八至八一九。

這是林瀟湘奪魁三首之二，詠菊寄意。「孤標傲世偕誰隱」句，幾乎是在問賈寶玉。

庚辰本第三十二回：

湘雲笑道：「……如今大了，……也該常常的會會這些為官做宰的人們，談談講講些仕途經濟的學問，也好將來應酬世務，日後也有個朋友。……」……

寶玉道：「林姑娘從來（未）說過這些混帳話❷。若他也說過這些混帳話，我早和他生分了。」❸

庚辰本第三十六回：

那寶玉本就懶與士大夫諸男人接談，……獨有林黛玉自幼不曾勸他去立身揚名等語，所以深敬黛玉。❹

以上是林黛玉有隱意識的兩個旁證。這也是她和寶玉情投意合的主要因素。

❷「林姑娘從來說過這些混帳話」，筆者以為「從來」為「從未」之誤認誤抄。校注本作「林姑娘從來說過這些混帳話不曾？」據己卯、夢稿、蒙府、戚序、舒序本補。

❸庚辰本，頁六八四。

❹庚辰本，頁七五七。

傳統的知識分子，不歸於仕，則歸於隱。對大觀園的諸釵而言，不近於仕，則近於隱。近於仕者，如薛寶釵、史湘雲、賈探春是。近於隱者如賈迎春、賈惜春、李紈、妙玉是。周敦頤〈愛蓮說〉以為：「菊，花之隱逸者也。」此次詩會題目核心是菊。黛玉見了，一連作了三題。得心應手，奪得第一名。

三首中李紈評〈詠菊〉為壓卷，其詩云：

無賴詩魔昏曉侵，
遶籬欹石自沉音。
毫端運秀臨霜寫，
口齒噙香對月吟。
滿紙自憐題素怨，
片言誰解訴秋心。
一從陶令平章後，
千古高風說到今。

黛玉作的第三首〈菊夢〉，李紈評為會中作詩者全部詩作的第三，其詩云：

籬畔秋酣一覺清，
和雲伴月不分明。
登仙非慕莊生蝶，（點題的夢字）
憶舊還尋陶令盟。（點題的菊字）
睡去依依隨雁斷，
驚迴故故惱蛩鳴。
醒時幽怨同誰訴，
衰草寒烟無限情。❺

這二首詩兩次用了陶淵明的典。陶歸隱後作的〈飲酒〉詩之五，有「採菊東籬下，悠然見南山」之句。此句王國維評為「無我之境也」。……「無我之境，以物觀物，故不知何者為我，何者為物。」……「人惟於靜中得之。……故一優美，……」❻「悠然」寫陶心境之閑適，王國維以「靜中」釋之。此時萬緣俱息，心境空淨，物我兩忘，故云「無我之境」。這是真正的隱士心境的寫照。

❺ 庚辰本，頁八一八至八二〇。

❻ 《人間詞話》，頁二。大夏出版社印行，臺北。

筆者管見，〈詠菊〉、〈菊夢〉二首，可視為〈問菊〉的靠色，以烘托黛玉的隱意識。

庚辰本第三十二回：

林黛玉……剛走來，正聽見史湘雲說經濟事。寶玉又說：「林妹妹不說這樣混帳話，」……林黛玉聽了這話，不覺又喜又驚，又悲又嘆。……所嘆者，你既為我之知己，自然我亦可為你之知己矣。❼

賈寶玉以經世濟民為「混帳話」。林黛玉從未說這樣的話，且曾說「我亦可為你之知己」，可見林黛玉隱的意識和賈寶玉一樣。這是一條林黛玉有隱意識的明顯證據，可以坐實〈問菊〉詩「偕誰隱」三字。

❼ 庚辰本，頁六八五至六八六。

論林黛玉的結局

林黛玉自述，曾聽說在她三歲時，一個癩頭和尚來向她父母說，要化她去出家；否則她的病一生也不能好。如果要病好，除非她不見哭聲及外姓親友，方可平安了此一生。

黛玉並未出家，只是離家寄養於親戚賈府，且又愛哭。所以她孩提時的聽說，等於預告林黛玉的結局是：此生無姻緣之分，因病夭卒。她的〈葬花吟〉，有「質本潔來還潔去」之句，一語成讖。

庚辰本第四十五回：

及至寶釵等來望候他，說不得三五句話，又厭煩了。衆人都體他病中。且素日形體忢弱，禁不得一些委屈。……

寶釵道：「這裏走的幾個太醫雖都還好，只是你吃他們的藥總不見效。不如再請一個高明的人來瞧一瞧，……」

黛玉道：「不中用。我知道我這樣病是不能好的了。……」

黛玉嘆道：『死生有命，富貴在天。』也不是人力可強的。今年比往年反覺又重了些似的。……」

黛玉嘆道：「……我長了今年十五歲，……」❶

庚辰本第四十九回：

黛玉因又說起寶琴來。想起自己沒有姊妹，不免又哭了。寶玉忙勸道：「你又自尋煩惱了。你瞧瞧，今年比舊年越發瘦了，你還不保養。……」

黛玉拭淚道：「近來我只覺心酸，眼淚恰像比舊年少了些的；心裏只管酸痛，眼淚恰不多。」❷

庚辰本第五十二回：

黛玉道：「昨兒夜裏好了，只嗽了兩遍；却只睡了四更一個更次，就再不能睡了。」❸

庚辰本第五十八回：

---

❶ 庚辰本，頁九七二至九七四。態弱改作忘弱。

❷ 庚辰本，頁一〇六六。

❸ 庚辰本，頁一一三八。

忽見一股火光，從山石那邊發出，……寶玉吃一大驚。又聽那邊有人喊道：「藕官，你要死，怎弄些紙錢進來燒，……」……只見藕官滿面淚痕，蹲在那裏，手裏還拿着火，守着些紙錢灰作悲。……

藕官……便含淚說道：「我這事，除了你屋裏的芳官，並寶姑娘的蕊官，並沒第三人知道。……問芳官就知道了。」……寶玉……心下納悶，只得踱到瀟湘館，瞧黛玉亦發瘦的可憐。問起來，比往日已算大癒了。……

寶玉……又問他祭的果係何人。芳官笑道：「……是死了的葯官。」……「說他自己是小生，葯官是小旦，常做夫妻，……兩個人竟是你恩我愛。葯官一死，他哭的死去活來。至今不忘，所以每節燒紙。後來補了蕊官，他們一般的溫柔體貼。也曾問他得新棄舊的。他說這又有個大道理。比如男子喪了妻，或有必當續弦者，也必要續弦為是；便只是不把死的丟過不提，便是情深意重了。若一味因死的不續，孤守一世，妨了大節，也不是理。死者反不安了。……」

寶玉聽說了這篇獃話，獨合了他的獃性。……❹

庚辰本第五十九回：

---

❹ 庚辰本，頁一三〇三至一三〇四。

蕊官便說：「我同你去，順便瞧了藕官。」……鶯兒答應了，出來便到紫鵑房中找蕊官。只見藕官與蕊官二人正說得高興，不能相捨。……❺

庚辰本第六十二回：

因天氣和暖，黛玉之疾漸愈，故也來了。❻

庚辰本第六十三回：

已是子初初刻十分了。黛玉便起身說：「我可掌不住了。回去還要吃藥呢。」❼

庚辰本第六十四回：（補抄）

雪雁方說道：「我們姑娘這兩日方覺身上好些了。……又不知想起甚麼來了，自己哭了一回，提筆寫了好些，不知是詩是詞？叫我傳瓜果，……」……

寶玉……想道：「……大約必是七月，因為瓜果之節，家家都上秋季的坟。林妹妹有感于

---

❺ 庚辰本，頁一三〇八至一三〇九。

❻ 庚辰本，頁一三七〇。

❼ 庚辰本，頁一四一二。

心，所以在私室自己祭奠，取《禮記》『春秋荐其時食』之意也未可定。」……寶玉便知已經祭奠完了，走入屋內。只見黛玉面向裏歪着，病體懨懨，大有不勝之態。……黛玉起先原惱寶玉說話不論輕重。如今見此光景，心有所感。本來素嘗愛哭，此時亦不免無言對泣。❽

庚辰本第七十六回：

黛玉嘆道：「我這睡不着，也並非今日。大約一年之中，通共也只好睡十夜滿足的。」湘雲道：「却是你病的原故。」❾

以上九則文字，可分幾點來析論：

一、第四十五回到第五十二回是同一年的事。是年林黛玉十五歲。身體比去年更瘦了，病也更重了。眼淚也比舊年少了。有時一夜只成眼一個更次。

黛玉的失眠，一是春分、秋分、時氣所引發的嗽疾，致每夜會醒來。二是多感，多愁，聞風雨聲下淚至四更。正如寶玉所指「你又自尋煩惱了」。三是心繫寶玉及婚事。如紫鵑試忙玉，說黛

❽ 庚辰本，頁一四三九至一四四一。

❾ 庚辰本，頁一七六四。

玉將要返蘇州去而引起寶玉的獃病。及聽襲人說他「已死了大半個了」。便「將腹中之藥一概嗆出，……痛聲大嗽了幾陣，……喘的抬不起頭來。」……「近日聞得寶玉如此形影，未免又添些病症，多哭幾場。」紫鵑勸她，在「老太太還明白硬朗的時節，作定了大事要緊」。黛玉聽了，……「心內未嘗不傷感。……直泣了一夜；至天明方打了一個盹兒。」❿是年林黛玉十六歲。

二、第五十八回至第五十九回，寫林黛玉的丫頭藕官，在清明節燒紙錢祭已故的戀人菂官（同性戀）事，是暗寓賈寶玉和薛寶釵在黛玉死後的「金玉姻緣」，及婚後嫵婉相敬，並非程高本所得的後四十回那樣冷漠。

從「賈母便留下文官自使」一句可知，願留下的八個女伶，其分派給誰使喚，是由賈母主導。文官是十二女伶的領班，所以賈母自留。其餘如下：

將正旦芳官指與寶玉，（芳官貌似寶玉）

將小旦蕊官送了寶釵，

將小生藕官指與了黛玉，

將大花面葵官送了湘雲，（湘雲爽朗）

將小花面荳官送了寶琴，（寶琴個性類湘雲）

將老外艾官送了探春，（探春治事老練）

---

❿ 庚辰本，頁一二五八至一二七一。

尤氏便討了老旦茄官去。（尤氏亦能治家）

其中寶玉、黛玉使喚的正旦芳官、小生藕官用「指」，其餘用「送」；尤氏的老旦用「討」，措詞的不同是有用意的。特別是寶玉和黛玉的「指」字。同時也顯示出分派的先後次序：

一是賈母自留的文官，二是寶玉的芳官，三是黛玉的藕官，四是寶釵的蕊官，五是湘雲的葵官，六是寶琴的荳官。最後剩下老旦茄官，尤氏主動向賈母討了去。

以《牡丹亭》及《西廂記》為例：

正旦演杜麗娘，小生演柳夢梅。

正旦演崔鶯鶯，小生演張珙。

賈母將演小生的藕官指與黛玉；將演正旦的芳官指與寶玉，角色的性別分配雖顛倒，但仍是一對。措詞用指派的指，蘊意仍在二人成對。同時可看出，她老人家對寶玉的婚配有決定權。元妃送寶玉等的禮物，不送到王夫人房，而送賈母房可證。

已訂婚了的湘雲、寶琴分派到的葵官、荳官；客居的寶釵、必將出閣的「嬌客」探春分派的蕊官、艾官都用送了的送。

賈母因黛玉健康欠佳、容體日瘦，把心裡早決定二玉成雙的主意，遲遲不能宣布。後來也看重寶釵，又中意寶琴。因寶琴早已定婚，所以寶釵成了補位。菂官夭亡後，蕊官補了她的角色。後來又送給了寶釵使喚。藕官對芳官說的男子喪妻，必當續弦（絃）；否則妨了大節，也不是理。

死者反不安等語，合了寶玉的歎性。表示寶玉和寶釵成婚，必在黛玉死後；且經過六禮程序，才是世家風範。這需要一段時間，並非程高本所收集成的後四十回，一娶一死發生在同時。

黛玉十五歲的秋天，自說病「比往年反覺又重了些似的」。是年冬對寶玉說「近來我只覺心酸，……眼淚恰不多」。寶玉回她「豈有眼淚會少的！」是安慰她的話。黛玉自己比誰都清楚。十六歲春，「紫鵑試忙玉」，使黛玉因擔心寶玉的病，「又添些病症，多哭幾場」。紫鵑勸她「趁早兇老太太還明白硬朗」，「作定了大事要緊」。黛玉傷感，泣了一夜。秋，在瀟湘館私祭，寶玉來看她，見其臉「現有淚痕」。勸解時說話造次，黛玉心有所感，「不免無言對泣」。

第七十回，春，黛玉十七歲。三月二日作〈桃花行〉。暮春，詩社幾人在瀟湘館填柳絮詞，並放風箏，皆「散」、「離」的預兆。是年八月初三賈母八旬大慶，在第七十一回。僅兩回書跨過了四個多月。令人起疑是否多了一年？

第七十二回：趙姨娘對賈政說：「寶玉已有了二年了。」指襲人為寶玉妾而言，事在第三十四回，王夫人對襲人說：「我就把他（寶玉）交給你了。……保全了他，……我自然不辜負你。」第三十六回王夫人問鳳姐：「如今次回即送兩碗菜給襲人，「自己方想起上日王夫人的意思來」。第三十六回王夫人問鳳姐：「如今趙姨娘、周姨娘的月例多少？」鳳姐道：「每人二兩。」……。王夫人便把自己每月二十兩銀子拿出二兩一吊錢來給襲人。並說「已後凡是有趙姨娘、周姨娘的，也有襲人的」。是年寶玉十三歲，黛玉十二歲。

第七十二回趙姨娘對賈政說襲人為寶玉的準妾「已有了二年了」，便與是年黛玉十七歲不合。此年應為十五歲。因第四十五回至五十三回這年，黛玉自云她十五歲。（已二年算頭尾三年）

以此推第五十三回下半回至七十回上半回端，黛玉應十六歲。

第七十回，春天，林黛玉說「咱們的詩社散了一年」，指的是探春當家，黛玉十五歲這年。至七十回黛玉改建桃花社，黛玉應十六歲。是年暮春，她們填柳絮詞、放風箏。這暗示黛玉十六歲這年，園中姊妹開始會散離了。

甲戌本第五回〈枉凝眉〉曲：

……

想眼中能有多少淚珠兒，

怎經得秋流到冬盡，

春流到夏。⑪

林黛玉的眼淚，（因押韻將春夏、秋冬互易）從春到夏、夏到秋、秋到冬，每年都是流不盡的「淚」水悠悠。傷春悲秋，多病孤零，觸物思鄉的淚少；寶玉唐突，心繫「情不情」的淚多。第四十五回時，黛玉自覺眼淚比往年少。第五十七回寶玉的獃狂症狀，令她泣了一夜。第七

⑪ 甲戌本，卷五，頁一一乙面。

十回作〈桃花行〉，有「若將人淚比桃花，淚自長流花自媚。淚眼觀花淚易乾，淚乾春盡花憔悴」之句，與第二十七回「一朝春盡紅顏老，花落人亡兩不知」；「他年葬儂知是誰」與第七十回〈唐多令〉詞「嘆今生誰拾誰收」皆是異曲同「悲」的讖語。

庚辰本第二十三回：

黛玉又道：「……我惱他（史湘雲）與你何干？他得罪了我又與你何干？」

脂硯齋雙行批：

將來淚盡夭亡，已化烏有，世間亦無此一部《紅樓夢》矣！⑫

這位批者，是看過了八十回後原來的三十回文字，見到了黛玉是「淚盡夭亡」的情節。足以證明黛玉的夭逝，是形槁淚枯。

甲戌本第五回：

寶玉……再去取正冊看。只見頭一頁上便畫着兩株枯木，木上懸着一圍玉帶。又有一堆雪，雪下一股金簪。也有四句言詞，道是：

---

⑫ 庚辰本，頁四五七。

可嘆停機德，
堪憐詠絮才。
玉帶林中掛，
金簪雪裏埋。⓭

這是林黛玉和薛寶釵的合畫圖及判詞。「玉帶林中掛」，是林黛（帶）玉的倒文；林用「兩株枯木」畫出，表示黛玉之死，因淚泉枯盡（哭乾）了。「玉帶林中掛」，即黛玉已就木。

甲戌本同回〈終身悞〉曲：

……
空對着山中高士晶瑩雪，
終不忘世外仙株寂寞林。
……
縱然是齊眉舉案，
到底意難平。⓮

⓭ 甲戌本，卷五，頁七乙面。
⓮ 甲戌本，卷五，頁一四甲面至乙面。

這是薛寶釵嫁賈寶玉後不久的合寫。曲文顯示黛玉先死了有一段時日，二寶纔成婚。與藕官對芳官說，她和補已死去菂官的蕊官是同性戀，情如夫妻，若合符節。

林黛玉夭逝的時間，前修的看法有二說。一是在中秋說，二是在春末說。

周汝昌認為黛玉實在無法支撐活下去了，她決意自投于水，以了殘生。自盡時間是中秋之月夜，地點在凹晶館前黛玉和湘雲聯句的水池。（大觀園內）⓯

蔡義江云：「賈府事敗是在秋天，所謂『到頭來，誰見把秋捱過』，寶（玉）黛（玉）也是在這個時候倉皇離散的。……自秋至冬，冬盡春來，寶玉仍無消息。終于隨着春盡花落，黛玉淚水流乾，紅顏也就老死了。『怎禁得……春流到夏』，就是暗示我們：不到寶玉離家的次年夏天，黛玉就淚盡夭亡了。」⓰

梁歸智的看法與蔡說大同小異。他補充說：「寶玉秋天離家，黛玉哭到次年春末，淚盡而死也。」「她死于寶玉離家的第二年春末夏初。」⓱

筆者蠡測，黛玉的卒日，約在春分後到三月下旬之間的某日。因春分時節，其嗽喘時症易發生；加上十五歲時起，淚逐年少，飯次食量、睡眠時間同步遞減。先天不足，後天還淚將償盡了。

⓯ 周汝昌《紅樓夢的真故事》，頁一九四。華藝出版社，北京。

⓰ 蔡義江《論紅樓夢佚稿》，頁一八五。浙江古籍出版社，杭州。

⓱ 梁歸智《石頭記探佚》，頁一二〇。山西教育出版社，太原。

第三十四回，寶玉受其父大板重責。養傷期間，襲人建議王夫人「怎麼變個法兒，以後竟還教二爺搬出園外來住就好了」。[18]

第七十七回，王夫人吩咐「上年幾個姑娘分的唱戲女孩子們，一概不許留在園裏。」……「因叫人查看了，今年不宜遷挪。暫且挨過今年一年，給我仍舊搬出去心淨。」[19]

筆者推測，第七十回放風箏的次年，元宵節一過，王夫人便將寶玉搬出大觀園，回住原在賈母院中的絳芸軒，旋即重返家塾唸書。從此黛玉和他見面時間少了，對寶玉的擔心多了。約在春分時節，她的嗽喘時症發著，便臥病不出。

去年秋，寶釵在抄檢大觀園的次日，第一個搬回家去了，但她依然常進來候望。第二個是迎春出嫁。詩社隨著去年的柳絮散了。只有寶玉放學後會來談往；尤其在黛玉臥疾時來問慰，見了面多是對泣。

放風箏次年的清明時節雨紛紛。黛玉對著花濺淚亦淚，燕雙飛而悲。病中纖體輕如燕，杜鵑復在耳邊啼。在暮春的某一夜，燈枯油盡的她，恍惚覺得自己隨著朵朵潔白的柳絮，冉冉上升。離開這大觀園上空時，聽見一聲佛號，即已身在離恨天外了。

庚辰本第三十九回：

---

[18] 庚辰本，頁七二一。

[19] 庚辰本，頁一七七七至一七七八。

劉姥姥道：「這老爺沒有兒子，只有一位小姐，名叫茗玉。小姐知書識字，老爺、太太愛如珍寶。可惜這茗玉小姐生到十七歲，一病死了。」⓴

茗玉的名字、家庭背景、相貌、學識，幾和黛玉一模一樣。她活到十七歲而卒，足以證明林黛玉淚盡夭逝，是年十七歲。放風箏那年她十六歲的推測，是合榫的。茶綠色同黛色。

甲戌本第五回〈虛花悟〉：

……

青楓林下鬼吟哦，

更兼着連天衰草遮墳墓。

……㉑

這支曲寫惜春為尼。因榮華無常，終歸於塵土，以反襯她嚮往入佛門，期修行證果出輪迴。「青楓林下鬼吟哦」，指的是林黛玉墳地的實況。惜春似參加了黛玉的葬禮，見其附近楓葉正綠，則應是夏日景象。下句指秋後其他舊墳而言。意謂人世間光陰迅速，轉眼新墳的草長，與其

⓴ 庚辰本，頁八三九。

㉑ 甲戌本，卷五，頁一四乙面。

他舊墓將同沒入茫茫衰草之中了。

惜春似在黛玉葬禮之列，其時當初夏，見到墳地附近的楓林正綠。上距農曆三月底黛玉之逝日至少有半個月。秋後曾上墳祭掃。

黛玉逝世的地點，是瀟湘館。

庚辰本第二十六回：

寶玉……來至一個院門前，只見鳳尾森森，龍吟細細。

脂硯齋雙行註批：

與後文「落葉蕭蕭，寒烟漠漠」一對。可傷！可嘆！[22]

這條批語，是在黛玉死後，寶玉進瀟湘館憑弔，眼前的竹林景象。寫的是寶玉心裡的話，和當年目睹而心語「鳳尾森森，龍吟細細」相對景異。竹葉落在春末夏初。也許他是在黛玉的忌辰進去憑弔致哀，觸景傷情。

[22] 庚辰本，頁五五二。

從蘅蕪苑看薛寶釵

庚辰本第十七回至十八回：

（賈政）便見一所清涼瓦舍，一色水磨磚牆，清瓦花堵。那大主山所分之脈，皆穿牆而過。賈政道：「此處這所房子，無味得很。」因而步入門時，忽迎面突出插天的大玲瓏山石來，四面羣繞各式石塊，竟把裏面所有房屋悉皆遮住；而且一株花木也無。只見許多異草，或有牽藤的，或有引蔓的；或垂山巔，或穿石隙。甚至垂簷繞柱，索砌盤階；或如翠帶飄颻，或如金繩盤屈。或實若丹砂，或花如金桂，味芬氣馥，非花香之可比。賈政不禁道：「有趣。只是不大認識。」有的說是薜荔、藤蘿。賈政道：「薜荔、藤蘿不得如此異香。」寶玉道：「……那香的是杜若、蘅蕪。那一種大約是茝蘭。這一種大約是清葛。……金簦草，……玉蕗藤，……紫芸，……青芷，……石帆，水松，扶留，……綠荑，……丹椒，蘼蕪，風連，……」……

賈政因見兩邊俱是超手遊廊，順着遊廊步入。只見上面五間清廈，連着捲棚，四面出廊。綠窗油壁，更比前幾處清雅不同。賈政嘆道：「此軒中煮茶操琴，亦不必再焚香矣。……

諸公必有佳作新題以顏其額。……」眾人笑道：「再莫若『蘭風蕙露』……」……寶玉道：「……匾上則莫若『蘅芷清芬』四字。」……

賈妃……「蘅芷清芬」賜名「蘅蕪苑」。❶

庚辰本第四十回：

賈母因見岸上的清厦曠朗，便問：「這是薛姑娘的屋子不是？」眾人道：「是。」賈母忙命攏岸。順着雲步石梯上去。一同進了蘅蕪苑，只覺異香撲鼻。那些奇草仙藤，愈冷愈蒼翠，都結了實，似珊瑚豆子一般，纍垂可愛。及進了房屋，雪洞一般，一色玩器全無。案上只有一個土定瓶，中供着數枝菊花，並兩部書，茶奩茶杯而已。床上只吊着青紗帳幔，衾褥也十分樸素。賈母嘆道：「這孩子太老實了。你沒有陳設，何妨和你姨娘要些。我也不理論，也沒想道（到）你們的東西自然在家裏，沒帶了來。」說着，命鴛鴦去取些古董。又嗔着鳳姐兒：「不送些玩器來與你妹妹，這樣小器。」王夫人、鳳姐兒等都笑回說：「他自己不要的。我們原送了來，他都退回去了。」薛姨媽也笑說：「他在家裏，也不大弄這些東西的。」賈母搖頭道：「使不得。雖然他省事，倘或來了一個親戚，看着不像；二則年輕的姑娘們，

❶ 庚辰本，頁三三〇至三五七。

房裏這樣素淨，也忌諱。我們這老婆子，越發該住馬圈去了。你們聽那些書上、戲上說的，小姐們的繡房，精緻的還了得呢。他們姊妹們雖不敢比那些小姐們，也不要很離了格兒。……若很愛素淨，少幾樣倒使得。我最會收拾屋子的。……他們姊妹們也還學着收拾的好。只怕俗氣，有好東西也擺壞了。我看他們還不俗。我的梯己兩件，……」說着叫過鴛鴦來，親吩咐道：「你那石頭盆景兒，和那架紗桌屏，還有個墨烟凍石鼎，這三樣擺在這案上就夠了。再把水墨字畫白菱帳子拿來；把這帳子也換了。」❷

庚辰本第五十六回：

李紈忙笑道：「蘅蕪院（苑）更利害。如今香料鋪，並大市大廟賣的各處香料、香草兒，都不是這些東西？算起來比別的利息更大。」❸

庚辰本第三十七回：

李紈笑道：「我替薛大妹妹也早已想了個好的，也只三字。」惜春、迎春都問：「是什麼？」李紈道：「我是封他『蘅蕪君』了。」❹

❷ 庚辰本，頁八六一至八六二。
❸ 庚辰本，頁一二三六。
❹ 庚辰本，頁七八二。

蘅蕪苑基址，是諸釵園中住房最高者。從「主山所分之脈皆穿其牆而過」一語可知。在鄰近沁芳溪水源的小山坡上。所以賈母等才要「從雲步石梯上去」。筆者對「雲步石梯」的解讀是，依坡勢將石頭一塊塊嵌鋪，形成錯落曲折，高低不定的坡道，可說是一條沒有階級的替代步道。

苑內，洋溢著異草奇藤，香冷馥涼，令人耳目一清，心沁神滌。瓦舍已在清涼氛圍中。入門，迎面是，在群石簇擁中，拔起一高大的「玲瓏山石」，將其後五間黑瓦磚牆，外無藻飾，內缺裝潢的五間平房，全都遮住。無怪乎賈政改口稱讚「有趣」、「此造已出意外」，即開了眼界。脂硯齋評：

前三處（大觀樓、稻香村、瀟湘館）皆在人意之中；此處則今古書中未見之工程也。❺

淺見以為，蘅蕪苑的造園有三奇：苑內植被，排除一般觀賞花木。一奇也。表面上為庭園，實質卻是一個藥圃。二奇也。「玲瓏山石」極像太湖石盆景一座被放得碩大無朋，以取代照壁。三奇也。

薛寶釵房內顏色全白如雪洞，與其姓氏諧音一致，應是作者有意配色；省事的她，該不會介入。一床，一桌（及椅），一套茶具，簡樸到無乃太簡乎。陳設僅一隻土色定窰花瓶，兩部元妃賜的御製新書，都是素淨物。床上吊的青色帳幔，樸素而蒼涼，不像年輕姑娘的房間格局氣氛，以

❺ 庚辰本，頁三三〇至三三一。

致賈母搖頭說「使不得」、「也忌諱」，以糾正她。並要拿出自己幾件珍藏，替她擺設；連帳子也換成有水墨字畫的，將寶釵的臥房點綴出藝術而雅的氣韻來。但也凸顯出寶釵性喜素淨的自潔守身，在客中思省事的修為。居高處如草本茵草爬藤的低調，境界出眾。一筆數寫，兼及賈母藝術造詣。

蘅蕪苑，合二香草為名。蘅是杜蘅。《本草綱目集解》：「止氣奔喘促，消痰飲，……」引「宏景曰……惟道家服之，令人身衣香。」「按《山海經》云，天帝之山有草焉，狀如葵。其臭（氣味）如蘼蕪，名曰杜蘅。」❻

蕪是蘼蕪，《本草綱目集解》：「時珍曰：芎藭……細葉似蛇牀者為蘼蕪。……廣志云，蘼蕪，香草。可藏衣中。」「止泄瀉。入面脂用。」❼杜蘅、蘼蕪二者既是香料，又是藥材。其中石帆、水松、杜若，都是藥材。

蘅蕪苑房外幽芳雅潔；房內白淨簡樸。總體是曠朗冷翠，與薛寶釵心身行為，風格一致。

甲戌本第四回：

……寶釵，生得肌骨（膚）瑩潤、舉止嫻雅。❽

❻《本草綱目》，頁四七七。國立中國醫藥研究所出版，臺北。

❼《本草綱目》，頁四八九。同右。

❽甲戌本，卷四，頁八乙面至九甲面。

甲戌本第五回：

……薛寶釵，……品格端方、容貌豐美，……行為豁達，隨分從時。❾

甲戌本第七回：

薛姨媽道：「姨媽（王夫人）不知道，寶丫頭古怪呢。他從來不愛這些花兒粉兒的。」❿

甲戌本第八回：

寶玉……看見薛寶釵（衣裙）一色半新不舊，看來不覺奢華。唇不點而紅，眉不畫而翠；臉若銀盆，眼如水杏。罕言寡語，人謂藏愚；安分隨時，自云守拙。⓫

庚辰本第二十八回：

寶釵生的肌膚豐澤，……寶玉在旁，看着雪白一段酥臂，……嫵媚風流。⓬

❾ 甲戌本，卷五，頁一甲面。

❿ 甲戌本，卷七，頁四甲面。

⓫ 甲戌本，卷八，頁三甲面。

⓬ 庚辰本，頁六一〇。

庚辰本第六十五回：

興兒笑道：「還有一位姨太太的女兒，姓薛，叫什麼寶釵，竟是雪堆出來的。……」⓭

薛寶釵容體美而雪白，與清廈內雪洞般的色調一致。她不施脂粉，不戴花佩飾。並非有意「卻嫌脂粉污顏色」，而是「一生愛好是天然」。房內陳設，象徵她的喜潔尚簡而不失其清雅。園中的奇草仙藤，異香漫沁，似牽引出她的潛德幽光。

薛寶釵的為人，作者石頭評語是「行為豁達」、「安分隨時」。試舉證如後：

一、藥　施

薛寶釵說：「究竟不過是藥，原該濟眾散人才是。」（第七十七回）

庚辰本第三十四回：

只見寶釵手裏托着一丸藥走進來，向襲人說道：「晚上把這藥用酒研開，替他（賈寶玉）敷上。把那淤血的熱毒散開，可以就好了。」……寶釵見他睜開眼說話，不像先時，心中

⓭ 庚辰本，頁一四八五。

也寬慰了好些。便點頭嘆道：「早聽人一句話，也不至今日。……」⓮

庚辰本第四十八回：

平兒笑道：「老爺（賈赦）把二爺（賈璉）打了個動不得，……」「我們聽見姨太太這裏有一種丸藥，上棒瘡的。姑娘（薛寶釵）快尋一丸子給我。」寶釵聽了，忙命鶯兒去要了一丸來與平兒。⓯

庚辰本第四十五回：

寶釵笑道：「……我明日家去，和媽媽說了；只怕我們家裏還有，與你送幾兩。每日叫丫頭們就熬了，又便宜，又不驚師動眾。」

就有蘅蕪苑的一個婆子，也打着傘，提着燈，送了一大包上等燕窩來，還有一包子潔粉梅片雪花洋糖。⓰

⓮ 庚辰本，頁七一一。

⓯ 庚辰本，頁四八一〇。

⓰ 庚辰本，頁九七六至九八二。

二、物 施

庚辰本第三十二回：

史湘雲道：「（戒指兒）是誰給你的？」襲人道：「是寶姑娘給我的。」

……

王夫人道：「……金釧兒雖然是個丫頭，素日在我跟前，比我的女兒也差不多。」口裏說着，不覺淚下。寶釵忙道：「姨娘這會子又何用叫裁縫趕去。我前兒倒做了兩套，拿來給他，豈不省事。況且他活着的時候也穿過我的舊衣服，身量又相對。」王夫人道：「雖然這樣，難道你不忌諱？」寶釵笑道：「姨娘放心。我從來不計較這些。」……一時寶釵取了衣服回來，……於是將衣服交割明白。王夫人將他（金釧）母親叫來拿了去。⓱

庚辰本第三十七回：

⓱ 庚辰本，頁四九八至五〇五。

史湘雲道：「明日先罰我個東道，就讓我先邀一社可使得？」……寶釵……因向他說道：「既開社，便要作東。……你家裏你又作不得主。一個月通共那幾串錢，還不够盤纏呢。……」……寶釵道：「……我們當鋪裏有個夥計，他家田上出的很好的肥螃蟹，……我和我哥哥（薛蟠）說，要幾簍極肥極大的螃蟹來；再往鋪子裏取上幾罈好酒，再備上四五桌果碟，豈不省事。又大家熱鬧了。」湘雲聽了，心中自是感服，……寶釵聽說，便叫一個婆子來，出去和大爺說，依前日的大螃蟹要幾簍來，明日飯後請老太太、姨娘賞桂花。⓲

庚辰本第五十七回：

岫烟為人雅重，……家常一應需用之物，或有虧乏……寶釵倒暗暗每相體貼接濟。⓳

三、言　施

庚辰本第三十二回：

⓲ 庚辰本，頁七九九至八〇一。

⓳ 庚辰本，頁一二七四。

湘雲笑道：「你……也該常常的會會這些為官做宰的人，談談講講些仕途經濟，也好將來應酬世務。……」寶玉聽了道：「姑娘，請別的姊妹屋裏坐坐。我這裏仔細污了你知經濟學問的。」襲人道：「雲姑娘，快別說這話。上回也是寶姑娘也說過一回，他也不管人臉上過的去過不去，他就咳了一聲，拿起脚來走了。……」⑳

庚辰本第三十四回：

（寶玉受其父杖責，傷及臀、腿肌膚。寶釵送療傷外敷藥）寶釵見他睜眼說話，……便點頭嘆道：「早聽人一句話，也不至今日。……」㉑

庚辰本第三十六回：

寶玉……日日只在園中遊臥，……每每甘心為諸丫鬟充役。……或如寶釵輩有時見機導勸，反生起氣來。……獨有林黛玉自幼不曾勸他去立身揚名等語，……㉒

---

⑳ 庚辰本，頁六八四。
㉑ 庚辰本，頁七一一。
㉒ 庚辰本，頁七五七。

庚辰本第三十七回：

寶玉道：「我呢？你們也替我想一個。」寶釵道：「你的號早有了，『無事忙』三字恰當得很。」……寶釵道：「還得我送你個號罷，……就叫你『富貴閑人』也罷了。」㉓

庚辰本第四十二回：

寶釵便叫黛玉道：「顰兒跟我來，有一句話問你。」黛玉便同了寶釵來至蘅蕪苑中。進了房，……寶釵笑道：「……行酒令，你說的是什麼？我竟不知那裏來的。」黛玉一想方想起來。昨兒失於檢點，那《牡丹亭》、《西廂記》說了兩句。不覺紅了臉，便上來摟着寶釵笑道：「好姐姐，原是我不知道，隨口說的。你交（教）給我，再不說了。」寶釵……款款的告訴他道：「……男人們讀書明理，輔國治民，這便好了。只是如今並不聽見有這樣的人。……你我只該做些針黹紡績的事纔是，偏又認得了字。既認得了字，不過揀那正緊的看也罷了；最怕見了些雜書，移了性情就不可救了。」一席話說的黛玉垂頭吃茶，心下暗伏（服），只有答應「是」的一字。㉔

㉓ 庚辰本，頁七八二至七八三。
㉔ 庚辰本，頁九〇一至九〇三。

庚辰本第四十五回：

黛玉……近日又復嗽起來，覺得比往常又重，所以總不出門，只在自己房中將養。有時悶了，又盼個姊妹來說些閒話排遣。及至寶釵等來望候他，說不得三五句話，又厭煩了。衆人……也都不苛責。

這日寶釵來望他，……寶釵道：「這裏走的幾個太醫雖都還好，只是你吃他們的藥總不見效。不如再請一個高明的人來瞧一瞧，治好了豈不好。……」……寶釵點頭道：「……古人說，食穀者生。你素日吃的，竟不能添養精神氣血，也不是好事。」……「依我說，先以平肝健胃為要。肝火一平，不能剋（克）土；胃氣無病，飲食就可以養人了。每日早起，拿上等燕窩一兩，冰糖五錢，用銀銚子熬出粥來。若吃慣了，比藥還強，最是滋陰補氣的。」

黛玉嘆道：「……我長了今年十五歲，竟沒有一個人像你前日的話教導我。怨不得雲丫頭說你好。……可知我竟自悞了。……」

寶釵笑道：「……你放心。我在這裏一日，我與你消遣一日。你有什麼委屈煩難，只管告訴我。我能解的，自然替你解一日。……你也是個明白人，何必作司馬牛之嘆。」㉕

㉕ 庚辰本，頁九七二至九七六。

庚辰本第五十六回：

衆婆子去後，探春問寶釵如何。寶釵笑答道：「幸於始者怠於終，繕其辭者嗜其利。」探春聽了，點頭稱贊。……

寶釵笑道：「依我說，裏頭也不用歸帳。……不如問他們，誰領這一分的，他就攬一宗事去。不過是園裏人的動用。……不過是頭油、胭粉、香、紙。每一位姑娘幾個丫頭，都是有定例的；再者，各處笤帚、撮簸、撣子；並大小禽鳥、鹿、兔吃的糧食。不過這幾樣，都是他們包了去。不用帳房去領錢。你算算，就省下多少來。」……

「但他們既辛苦鬧一年，也要叫他們剩些，粘補粘補自家。雖是興利為綱，然亦不可太嗇。……外頭帳房裏一年少出四五百銀子，也不覺得很艱嗇了。他們裏頭却也得些小補。這些沒營生的媽媽們也寬裕了，園子裏花木也可以每年滋長蕃盛，你們也得了可使之物。這庶幾不失大體。……他們只供給這個幾樣，也未免太寬裕了。一年竟除這個之外，他每人不論有餘無餘，只叫他拿出若干貫錢來，大家湊齊，單散與園中這些媽媽們。他們雖不料理這些，却日夜也是在園中照看當差之人，關門閉戶，起早睡晚；大雨大雪，姑娘們出入，抬轎子，撐船，拉冰床，一應粗糙活計都是他們的差使。一年在園裏辛苦到頭，這園內既有出息，也是分內該沾帶些的。……你們有照顧不到，他們就替你照顧了。」

衆婆子聽了這個議論，又去了帳房受轄制，又不與鳳姐兒去算帳。一年不過多拿出若干貫錢來，各各歡喜異常。……那不得管地的聽了每年終又無故得分錢，也都喜歡起來。……

寶釵笑道：「……你們只要日夜辛苦些，別躲懶放人吃酒賭錢就是了。……」㉖

庚辰本第五十七回：

寶釵笑問他：「這天還冷的很，你怎麼倒全換了裌的？」岫烟見問，低頭不答。……

岫烟道：「……因姑媽（邢夫人）打發人和我說，一個月用不了二兩銀子。叫我省一兩給爹媽送出去；要使什麼，橫豎有二姐姐的東西，……搭着就使了。……一月二兩銀子還不彀使，如今又去了一兩。前兒我悄悄的把綿衣服叫人當了幾吊錢盤纏。」寶釵聽了愁眉嘆道：「……你只管耐些煩兒；千萬別自己熬煎出病來。不如把那一兩銀子，明兒也越性給了他們。……或短了什麼……只管找我去。……你打發小丫頭悄悄的和我說去就是了。」

岫烟低頭答應了。

……

寶釵道：「……回去把那當票叫丫頭送來我那裏（蘅蕪苑），悄悄的取出（綿衣）來。再悄悄的送給你去，早晚好穿；不然風扇了事大。……」㉗

㉖ 庚辰本，頁一二三八至一二四一。

㉗ 庚辰本，頁一二七四至一二七七。

《論語．雍也》：「如有博施於民，而能濟衆，何如？可謂仁乎？子曰：何事於仁，必也聖乎。堯舜其猶病諸。」

古人以芳草、蘭芷喻君子的美德。合蘅、蕪兩種香草為苑名，猶合瀟、湘二水為館名。林黛玉詩號「瀟湘妃子」。薛寶釵的詩號，是李紈（詩社社長）「封」她為「蘅蕪君」，可釋為芳苑中的君子，也可將「君」字解為君侯，與瀟湘妃子相當。意謂在詩社中，兩人才力相等，同為諸詩友之冠。

蘅蕪苑中藤草蔓延，香翠清芬，清廈曠朗素淨，與薛寶釵自潔隨時，博施濟眾的為人相映相彰，可謂得其所哉。

賈母史太君，對寶釵的評語是「和平穩重」、「老實」。初由自己獨資替這個晚輩慶生，破天荒於前；次是替她添藝術陳設，以破除忌諱於後，充分見其喜愛之深。

《石頭記》的回目，由曹雪芹所定。第五十六回：「……時寶釵小惠全大體」。一「時」字之褒，躋薛寶釵於榮國府中孔子同列，是《春秋》筆法。則無異評定了寶釵在為人處世方面，也是「豔冠群芳」。

茲錄薛寶釵的一首〈詠白海棠〉詩，及脂硯齋逐句評語如次：

己卯本第三十七回：

珍重芳姿晝掩門，

脂評：「寶釵詩全是自寫身分。諷刺時事，只以品行為先，才技為末。纖巧流蕩之詞，綺靡穠艷之語，一洗皆盡。非不能也，屑而不為也。……」

自攜手甕灌㉘苔盆。
胭脂洗出秋階影，
冰雪招來露砌魂。

脂評：「看他清潔自厲，終不肯作一輕浮語。」

淡極始知花更艷，
愁多焉得玉無痕。

脂評：「好極！高情巨眼，能幾人哉。正『一鳥不鳴山更幽』也。」

脂評：「看他諷刺林、寶二人，省手。」

㉘ 己卯本，頁二八三上至二八三下。庚辰本灌作濯。蒙府本同己卯本作灌，是。

欲償白帝憑清潔，

脂評：「看他收到自己身上來，是何等身分。」

不語婷婷日又昏。㉙

詩以言志。此詩首句，寫其愛花及自愛自守的操行，詠物述己。除首句外，物我合一。

次句言親手澆花之狀，惜花之情亦現。自潔而潔所托身寓其中。

頷聯寫白海棠的形色。白花綻放於冷秋，綽約在臺階上。並啟下句，言花品格冰情雪潔以自況。

第五句寫花白之淡雅。興兒對尤二姐，形容薛寶釵竟是雪堆出來的。薛音同雪。寶釵不事妝飾，肌膚之白如雪，令寶玉稱羨。

第六句言要想玉貌花容無瑕，則不可多愁善感。諷刺二玉，一筆雙寫。故曰「省手」。

第七句上應第五句，言秉此清潔的心身，以上報秋神之賜。

末句亦己花雙寫。隱然見其「罕言寡語」、「安分隨時」的言行。

賈寶玉推許李紈云：「善看，又最公道。你就評閱優劣，我們都服的。」

㉙ 庚辰本，頁七八七至七八八。

李紈評林黛玉的〈詠白海棠〉詩：「若論風流別致，自是這首。」李紈評寶釵此詩：「到底是蘅蕪君」、「這詩有身分」、「若論含蓄渾厚，終讓蘅稿」。探春道：「這評的有理。瀟湘妃子當居第二。」

庚辰本第五十七回：

寶釵道：「惟有媽，說動話就拉上我們。」一面說，一面伏着他母親懷裏笑說：「咱們走罷。」

黛玉笑道：「你瞧，這麼大了。離了姨媽，他就是個最老道的。見了姨媽就撒嬌兒。」30

這是林黛玉對寶釵的為人處事下的評語「最老道」。筆者淺釋為最圓融。老猶「人書俱老」的老。

賈母曾在史湘雲作東的螃蟹宴時，讚美寶釵：「我說這孩子細致，凡事想的妥當。」從賈母和黛玉兩位旁觀者考語，清晰看到薛寶釵的為人，令人愛重。

蘅蕪苑寶釵的房中如雪洞般白淨，陳設樸素。其〈詠白海棠〉詩，脂硯齋評：「看他清潔自厲」，在「欲償白帝憑清潔」句下又評：「看他收到自己身上來，是何等身分」。居舍如其人，詩作如其人，姓氏如其人，送給黛玉的燕窩和「潔」粉梅片「雪」花洋糖也是白色的，連建議黛玉

30 庚辰本，頁一二七八至一二七九。

食的燕窩粥，加冰糖，用銀銚子熬，也是白的。再舉一例以證「清潔自厲」的考語：

庚辰本第七十五回：

寶釵道：「……只因今日我們奶奶身上不好，……我今兒要出去，伴着老人家，夜裏作伴兒。……等好了我橫豎進來的。所以告訴大嫂子一聲。」……李紈因笑道：「既這樣，且打發人去請姨娘的安，問是何病。……好妹妹，你去只管去。我自打發人去到你那裏（蘅蕪苑）去看屋子。」……寶釵笑道：「……依我的主意，也不必添人過去；竟把雲丫頭（湘雲）請了來（稻香村），你和他住一兩日，豈不省事。」㉛

寶釵言出園返家侍母疾，是托詞。原因是園中發現繡春囊，這有關小姐們名節大事。她一向是以「清潔自厲」，見微知著，立刻遠離是非，搬出園去。

《紅樓夢》的作者石頭，常用「一筆數寫」法。這次薛寶釵的辭出大觀園，是其中一例。

㈠寶釵不去向王夫人面辭，因王夫人正在氣頭上。榮國府內庭的主管，見大觀園竟拾獲繡春囊一枚，事關風紀是何等重大，無怪乎其大怒而下令抄查。蘅蕪苑住的是親戚，不能去查搜。寶釵裝不知道，所以不能去向王夫人辭出。

㈡李紈素來是陪伴小姐們「針黹、讀書」的指導，也是園中詩社的社長。她是長嫂，住稻香

㉛ 庚辰本，頁一七〇九至一七一〇。

村距蘅蕪苑近。曾代王熙鳳當家，所以寶釵向她面辭。她當然聽得出寶釵出園的真正原因。（李紈聽寶釵托言母病去侍候，即和尤氏相視無言。）

㈢寶釵建議李紈，請湘雲去稻香村住一二日便回史家，是有考量的。迎春懦弱，又正是她的丫頭司棋被查出私與潘又安約到園中聚會的信件。湘雲決不能去和迎春小住。惜春「廉介孤獨」，其丫頭入畫也私藏男鞋（賈珍所賜予其兄），所以暖香塢也不能去住。瀟湘館是可以小住。或因離怡紅院近，彼此都大了，自然有些顧忌。只有李紈住的稻香村較合適。

㈣從丫鬟知主人。李紈的丫頭佣人，從未有過失。寶釵對湘雲的臨時小住在稻香村，是最妥當的建言。

從寶釵在議事廳向探春建言治園方法，及搬出大觀園的果決，安排史湘雲小住稻香村的思考周密，都是寶釵智慧的展現。一筆數寫，文簡意贍，此見其一斑而已。作者石頭的寫作技巧，可謂至矣。

從秋爽齋看賈探春

賈探春是寶玉的同父（賈政）異母妹。她和堂姐迎春，族妹惜春原同住在榮國府的正堂後面「倒座三間小小的抱厦廳」。元妃省親後不久，三姐妹同時移住大觀園內。

庚辰本第十七回至十八回：

元妃乃命傳筆墨伺候。親搦湘管，擇幾處最喜者賜名。按其書云：

……

又有四字的匾額十數個，……「桐剪秋風」，……

脂評：「故意留下秋爽齋，……為後文另換眼目之地步。」❶

庚辰本第二十三回：

……探春住了秋爽齋，……❷

---

❶ 庚辰本，頁三五八。

❷ 庚辰本，頁四八一。

庚辰本第三十七回：

探春笑道：「我就是秋爽居士罷」。寶玉道：「這裏梧桐、芭蕉儘有，……」……探春笑道：「有了。我最喜芭蕉，就稱『蕉下客』罷。」❸

庚辰本第四十回：

到了秋爽齋，就在曉翠堂上調開桌案，……

探春素喜闊朗，這三間屋子並不曾隔斷。當地放着一張花梨大理石大案，案上磊着各種名人法帖，並數十方寶硯；各色筆筒，筆海內插的筆如樹林一般。那一邊設着斗大的一個汝窰花囊，插着滿滿的一囊水晶球兒的白菊。西牆上當中掛着一大幅米襄陽烟雨圖。左右掛着一幅對聯，是顏魯公墨跡。其詞云：

烟霞閑骨格
泉石野生涯

案上設着大鼎。左邊紫檀架上放着一個大觀窰的大盤，盤內盛着數十個嬌黄玲瓏大佛手。右邊洋漆架上懸着一個白玉比目磬；傍邊掛着小鎚。……東邊便設着臥榻，拔步床上懸着

---

❸ 庚辰本，頁七八一。

蔥綠雙綉花卉草蟲帳。

……

賈母因隔着紗窗往後院內看了一回，說道：「後廊簷下的梧桐也好了，就只細些。」❹

一如林瀟湘、薛蘅蕪，賈探春所居的秋爽齋，院景及房舍格局、陳設，亦合乎主人的性格和志趣。

秋爽齋的植被和房間裝潢、擺設，也是依探春的性格志趣呈現。她素喜闊朗，其三間房不隔開，顯得寬敞而採光好。房內外的建置，是以「大」為綱領。

房內闊朗氣象是「大」。

寫字桌「大」。磊著很多書法「大」家的字帖。很多方寶硯，數大就是美。筆海是「大」，插筆如林是「大」。斗「大」的瓷花囊，插得滿滿的菊，數亦「大」。

「大」幅米芾的畫，旁懸顏真卿五言聯為配，可見聯「大」字亦「大」。顏字筆畫相對其他書家為粗「大」。

對聯中的兩個詩眼「閑」、「野」，有恬淡、平和意象。似乎透露著大米此畫的內涵，或探春有意用此聯當此畫的題句。

❹ 庚辰本，頁八五八至八五九。

大鼎是「大」。拔步床是「大」床。

大觀窰盤是「大」。盤中堆著幾十個佛手是數大兼香櫞「大」。暗示姻緣美好。

賈母只說後廊梧桐幹身細些（桐幹直、葉亦疏闊），則後廊的芭蕉本粗葉「大」。所以探春自以「蕉下客」為詩號。意為嬌客。

從其居所，可見探春性格光明「磊」落，溫和正直，志向遠大，雅好書法及藝品賞玩。

甲戌本第二十七回：

探春又笑道：「這幾個月，我又攢下有十來吊錢了，你還拿去。明兒逛去的時候，或是好字畫、書籍卷冊，輕巧頑意兒，給我帶些來。」……

探春道：「像你上回買的那柳條兒編的小籃子，整竹子根摳的香盒子，膠泥垜的風爐兒，這就好。把我喜歡的什麼似的。誰知他們都愛上了，都當寶貝似的搶了去了。」寶玉笑道：「原來要這個，這不值什麼。拿五百錢出去給小子們，管拉兩車來。」

探春道：「小廝們知道什麼。你揀那樸而不俗，直而不作者，這些東西你多多的替我帶了來。我還像上回的鞋作一雙你穿；比那雙還加工夫，如何呢？」

……「我不過閑着沒有事，做一雙半雙的，愛給那箇哥哥兄弟、隨我的心。」……「就是姊妹兄弟跟前、誰和我好，我就合誰好。什麼偏的庶的，我也不知道。……」❺

❺ 甲戌本，卷二七，頁九乙面至一一甲面。

可以看出，探春喜愛玩賞書法、繪畫、書冊，以及小工藝品，要求乃兄親自去挑選。亦以親手精做的布鞋回報。手足之間，不計正庶；以誰和她好為準依。顯示出藝術修養，理性待人，高雅正直。

庚辰本第三十七回：

> 娣探謹奉
>
> 二兄文几……徘徊于桐檻之下，未防風露所欺，致獲採薪之患。昨蒙親勞撫，復又數遣侍兒問切，兼以鮮荔並真卿墨跡見賜。……因思及歷來古人……或豎詞壇，或開吟社。……娣雖不才，竊同叨棲處于泉石之間，……孰謂連社之雄才，獨許鬚眉；直以東山之雅會，讓余脂粉。若蒙棹雪而來，娣則掃花以待。此謹奉。❻

探春分函園中諸釵，邀至秋爽齋議起詩社。右為邀寶玉的函箋，以應上文筆海如林和寶硯。晉人書法流傳於後世者，多為書信。探春大桌上堆放著法帖，以資臨寫欣賞。其中必有〈蘭亭序〉。其文有云「……暮春之初，會於會稽山陰之蘭亭，修褉事也。……」

修褉在三月三日。探春生辰就是三月初三。如果不是作者故意安排，則可說是命中註定她的「翰墨緣」。探春的二兄寶玉，除了親去問疾，還派丫頭送了一幅「鮮荔」畫和顏的手跡給她。突

❻ 庚辰本，頁七七七至七七八。

顯出探春的風雅性情，和「文彩精華」的神態。再度渲染房內原先的字、畫。

雨霽，探春在後院桐下賞月至三更，受涼而傷風。養病時，想到古代男子在競逐名利之暇，招邀同好，結社吟詩。她認為組詩友團隊，不是男性的專利；要一爭兩性平等，而發起同組詩社。她是十二釵中唯一敢突破傳統的脂粉英豪。令人想像霽月清光，桐蔭瀉地，氣爽夜涼徘徊之景，不正是探春爽朗清雅，志氣高遠的寫照嗎。

榮國府的大老爺賈赦，想娶鴛鴦這個賈母最信賴的丫鬟為妾，命邢夫人去說合。

庚辰本第四十六回：

> 鴛鴦……拉了他嫂子到賈母跟前跪下，一行哭，一行說。把邢夫人怎麼來說，園子裏他嫂子又如何說，今兒他哥哥又如何說。因為不依，方纔大老爺越性說……這一輩子也跳不出他的手心去。……就是老太太逼着我，我一刀抹死了也不能從命。……服侍老太太歸了西，……我或是尋死，或是剪了頭髮當尼姑去。……左手打開頭髮，右手便鉸，……幸而他的頭髮極多，鉸的不透，…………賈母聽了，氣的渾身亂戰，口內只說我通共剩了這麼一個可靠的人，他們還要來算計。因見王夫人在旁，便向王夫人道：「你們原來都是哄我的。外頭孝敬，暗地裏盤算我。有好東西也來要，有好人也要。剩下了這麼個毛丫頭，見我待他好了，你們自然氣不過。弄開了他，好擺弄我。」

王夫人忙站起來，不敢還一言。薛姨媽見連王夫人怪上，反不好勸的了。李紈一聽見鴛鴦的話，早帶了姊妹們出去。探春有心的人，想王夫人雖有委曲，如何敢辯。薛姨媽也是親姊妹，自然也不好辯的。寶釵也不便為姨母辯。李紈、鳳姐、寶玉一概不敢辯。這正用着女孩兒之時。迎春老實，惜春小。因此，窗外聽了一聽，便走進來，陪笑向賈母道：「這事與太太什麼相干。老太太想一想，也有大伯子要收屋裏的人，小嬸子如何知道？便知道也推不知道。」猶未說完，賈母笑道：「可是我老糊塗了，……可是委屈了他（王夫人）。」❼

三春中，一個老實，一個膽小。只有探春機敏，有勇氣，立即挺身陪笑為王夫人辯洗出來。探春渾名「玫瑰花」。這就是她散發出香氣的現象，一句話如春風解凍。

庚辰本第五十五回：

王夫人便命探春合同李紈裁處。只說過了一月，鳳姐將息好了，仍交與他。……探春與李紈暫難謝事，園中人多，又恐失於照管，因又特請了寶釵來，托他各處小心。……寶釵聽

❼ 庚辰本，頁一〇〇五至一〇〇七。按：惜春小句，疑原作「惜春膽小」。是年惜春已十四五歲。第四十九回：「餘者迎春、探春、惜春、寶釵、黛玉、湘雲、李紋、李綺、寶琴、邢岫烟，再添上鳳姐兒和寶玉，一共十三個，……他十二個人，皆不過十五六七歲。」

說只得答應了。

時屆孟春，……探春同李紈……每日早晨皆到園門口南邊的三間小花廳上去，會齊辦事。

……

眾人……也都想着不過是個未出閨閣的青年小姐，且素日也最平和恬淡，因此都不在意，比鳳姐兒前更懈怠了許多。只三四日後，幾件事過手，漸覺探春精細處不讓鳳姐；只不過言語安靜，性情和順而已。……

李紈想了一想，便道：「前兒襲人的媽死了，聽見說賞銀四十兩。這也賞他四十兩罷了。」吳新登（家的）聽了，忙答應了「是」。接了對牌就走。……

探春道：「你且別支銀子。我且問你，那幾年老太太屋裏的幾位老姨奶奶，也有家裏的，也有外頭的這兩個分別。家裏的若死了人是賞多少？外頭的死了人是賞多少？你且說兩個我們聽聽。」

一問，吳新登家的便都忘了，忙陪笑回說：「這也不是什麼大事。賞多少誰還敢爭不成？」探春笑道：「這話胡鬧。依我說賞一百倒好。若不按例，別說你們笑話，明兒也難見你二奶奶。」吳新登家的笑道：「……我查舊帳去，此時却記不得。」

探春笑道：「……還不快找了來我瞧。……」……一時吳家的取了舊帳來。探春看時，兩個家裏的賞過二十兩；兩個外頭的，皆賞過四十兩。……

探春便說：「給他二十兩銀子。把這帳留下，我們細看看。」吳新登家的去了。……趙姨娘（探春的生母）道：「……我……連襲人都不如了，……」探春笑道：「原來為這個。我說我並不犯法違理。」……拿帳翻與趙姨娘看，又念與他聽。又說道：「這是祖宗手裏的舊規矩，人人都依着；偏我改了不成？……將來環兒收了外頭的，自然也是同襲人一樣。……他（襲人）是太太（王夫人）的奴才。我是按着舊規矩辦。……依我說，太太不在家，姨娘安靜些養神罷了，何苦只要操心。太太滿心疼我，因姨娘每每生事，幾次寒心。我但凡是個男人，可以出得去，我必早走了，立一番事業，那時自有我一番道理。偏我是女孩兒家，一句多話也沒有我亂說的。太太滿心裏都知道。如今因看重我，纔叫我照管家務。……姨娘倒先來作踐我。倘或太太知道了，怕我為難，不叫我管，那纔正經沒臉，連姨娘也真沒臉。」……不禁滾淚下來。……

趙姨娘氣的問道：「……你不當家，我也不來問你。你如今現說一是一，說二是二。如今你舅舅死了，你多給了二三十兩銀子，難道太太就不依你。分明太太是好太太，都是你們尖酸剋薄。……明兒等出了閣，我還想你額外照看趙家呢。如今沒有長羽毛，就忘了根本，只揀高枝兒飛去了。」

探春聽完，已氣的臉白氣噎，抽抽咽咽的一面哭，一面問道：「誰是我舅舅？我舅舅年下纔陞了九省檢點，那裏又跑出一個舅舅來？……環兒出去，為什麼趙國基又站起來，又跟

他上學？為什麼不拿出舅舅的款來？何苦來，誰不知道我是姨娘養的。……」❽

這是寫探春代管家務，呈現出她性情和順，平和恬淡、言語安靜的為人；依例行事，公正無私的處事作風。故第五回中探春的判詞有「才自精明志自高」的評品。

庚辰本同回：

那媳婦便回道：「回奶奶、姑娘，家學裏支環爺和蘭哥兒的一年公費。」……探春笑道：「……。」一面說，一面叫進方才那媳婦來問：「環爺和蘭哥兒家學裏這一年的銀子，是做那一項用的？」那媳婦便回說：「一年學裏吃點心或者買紙筆，每位有八兩銀子的使用。」探春道：「凡爺們的使用，都是各屋領了月錢的。環哥的是姨娘領二兩，寶玉的是老太太屋裏襲人領二兩，蘭哥兒的是大奶奶屋裏領。怎麼學裏每人又多這八兩？……從今兒起，把這一項蠲了。平兒，回去告訴你奶奶，我的話，把這一條務必免了。」……待書、素雲早已抬過一張小飯桌來，平兒也忙着上菜。……探春因問：「寶姑娘的飯怎麼不端來一處吃？」丫鬟們……出至檐外命媳婦去說：「寶姑娘如今在廳上一處吃，叫他們把飯送了這裏來。」

---

❽ 庚辰本，頁一二〇三至一二一二。

探春聽說，便高聲說：「……那都是辦大事的管家娘子們，你們支使他要飯要茶的，連個高低都不知道！平兒……你叫叫去。」……

平兒……因指眾媳婦悄悄說道：「……他（探春）是個姑娘家，不肯發威動怒，這是他尊重。你們就藐視欺負他。果然招他動了大氣，……他撒個嬌兒，太太也得讓他一二分，二奶奶也不敢怎麼。……二奶奶這些大姑子、小姑子裏頭，也就只單畏他五分。……」❾

這是探春精明改革的第二件事，將寶玉、賈環、賈蘭上學的公費裁汰了，以免疊床架屋重複支領。其次是警告眾媳婦不能支使管家娘子們要菜要飯，不知高低。

庚辰本第五十六回：

探春……因說道：「……我們一月有二兩月銀外，丫頭們又另有月錢。前兒又有人回，要我們一月所用的頭油、脂粉，每人又是二兩。……重重疊疊，事雖小，錢有限，看起來也不妥當。……」……「不如竟把買辦的每月蠲了為是。……」……

探春道：「我因和他（賴大）家女兒說閑話兒，誰知那麼個園子，除他們帶的花、吃的筍菜魚蝦之外，一年還有人包了去，年終足有二百兩銀子剩。……」

……探春道：「咱們這園子只算比他們的多一半；加一倍算，一年就有四百銀子的利息。

---

❾ 庚辰本，頁一二一四至一二一九。

> ……不如在園子裏所有的老媽媽中，揀出幾個本分老誠，能知園圃的事，派准他們收拾料理。也不必要他們交租納稅，只問他們一年可以孝敬些什麼。
>
> 一則園子有專定之人修理，花木自有一年好似一年的，也不用臨時忙亂。
>
> 二則也不至作踐，白辜負了東西。
>
> 三則老媽媽們也可借此小補，……。
>
> 四則亦可省了這些花兒匠、山子匠、打掃人等的工費。……」……
>
> 探春與李紈明示諸人：某人管某處，按四季除家中定例用多少外，餘者任憑你們採取了去取利。年終算帳。
>
> 探春笑道：「……若年終算帳歸錢時，自然歸到帳房，……又剝一層皮。……竟別入他們手。每年歸帳，竟歸到裏頭來才好。」……
>
> 衆婆子聽了這個議論，又去了帳房受轄制，又不與鳳姐兒去算帳。一年不過多拿出若干貫錢來，各各歡喜異常。都齊說：「願意。」……那不得管地的聽了每年終又無故得分錢，也都喜歡起來。……⑩

曹雪芹在第五十六回的回目，用「敏探春興利除宿弊」，將探春的精明能幹點出。既除弊，又

---

⑩ 庚辰本，頁一二二七至一二四一。

興利。能想出妥善的辦法，才是智慧。「敏」探春受這一字之褒而無愧。

人必先自重自尊，然後人尊重之。探春做到了這一點。所以賈老太君有「我的這三丫頭却好」的稱讚。王夫人見其大方朗潤，滿心疼她；連綽號辣子的鳳姐，也「單畏（敬）他五分」。園裡姐妹中，黛玉、寶釵和她互動較多。

第七十六回中秋賞月。王夫人等笑道：「夜已四更了，風露也大，請老太太安歇罷……。」「他們姊妹們熬不過，都去睡了。」賈母聽說，細看了一看，果然都散了，只有探春在此。賈母笑道：「……弱的弱，病的病，去了倒省心。只是三丫頭可憐見的，尚還等着。你也去罷，我們散了。」特寫出探春的侍親。無怪乎劉姥姥說「禮出大家」。明乎此，就不訝異探春稱呼生母為「姨娘」；不叫趙國基為舅舅，而稱王夫人的兄弟為舅舅。皆是探春謹守宗法社會禮制的言行。

第二十七回，襲人說……「趙姨娘氣的抱怨的了不得：正緊兄弟鞋搭拉，襪搭拉的，沒人看的見，且作這些東西。」探春聽說，登時沉下臉來道：「這話糊塗到什麼田地。怎麼我是該作鞋的人麼？環兒難道沒有分例之人？……丫頭、老婆一屋子。……」「但昏憒的不像了。還有笑話呢。就是上回我給你那錢替我帶那頑的東西。過了兩天，他見了我，也是說沒錢便怎麼難。我也不理論。誰知後來丫頭們去了，他就抱怨起來，說我攢的錢為什麼給你使，倒不給環兒使呢。我聽了這話，又好笑，又好氣。我就往太太跟前去了。」刻畫出探春貴小姐的理性言行。

以上趙姨娘的「昏憒」帶給探春生氣煩心，好似一陣雷雨，下畢即天青，心情立如其秋爽齋的敞明雅緻。王夫人看中探春的理性公正，才委以當家重任。她果不負所托。

庚辰本第二十二回：

賈政……又往下看是：

階下兒童仰面時，
清明粧點最堪宜。
游絲一斷渾無力，
莫向東風怨別離。

賈政道：「這是風箏？」
探春道：「是。」

脂批：「此探春遠適之讖也。使此人不遠去，將來事敗，諸子孫不至流散也。悲哉！傷哉！」⓫

這首燈謎詩，是寓意探春遠嫁，與畫冊判詞、〈紅樓夢〉曲旨意一致，雖有詳略而可互補。批者見此讖詩而「悲」、「傷」，必然是賈府流散子孫之一。手足與之要好的唯有寶玉。

⓫ 庚辰本，頁四七〇。

甲戌本第五回：

後面又畫着兩人放風箏。一片大海，一隻大船，船中有一女子掩面泣涕之狀。也有四句，寫云：

才自精明志自高，
生於末世運偏消。
清明涕送江邊望，
千里東風一夢遙。

……

〈紅樓夢〉曲第五支〈分骨肉〉：

一帆風雨路三千，
把骨肉家園齊來拋閃。
恐哭損殘年，
告爹娘休把兒懸念。
自古窮通皆有定，
離合豈無緣。

從今分兩地，
各自保平安。
奴去也，
莫牽連。⓬

以上二詩一曲及畫，寫的是：

一、探春秉賦聰穎理智，志氣高遠。

二、出生時家運已在下坡。

三、清明時節出嫁，只有寶玉、賈環兄弟二人送至江邊。

四、在辭父母時勸慰二老勿悲，一切皆命定。今後請勿掛念她，請自珍重健康；她自己也會保重。

五、乘船離別了家園。這一去就像斷了線的風箏，飄到遙遠的地方，而無重見時。

庚辰本第七十回：

寶琴笑道：「你這個不大好看，不如三姐姐的那一個軟翅子大鳳凰好。」……大家都仰面而看，天上這幾個風箏都起在半空中去了。……

⓬ 甲戌本，卷五，頁八甲面至一三甲面。

探春正要剪自己的鳳凰，見天上也有一個鳳凰，……只見那鳳凰漸逼近來，遂與這（探春的）鳳凰絞在一處，……正不可開交，又見一個門扇大的玲瓏「喜」字帶響鞭，在半天如鐘鳴一般，也逼近來，……那「喜」字果然與這兩個鳳凰絞在一處，……線都斷了，那三個風箏飄飄颻颻都去了。⓭

探春放鳳凰風箏一節，預示她不久會出閣，嫁給一位王子或王爺。這時已三月下旬，是年探春十六歲。（參見拙著《紅樓夢指迷》頁四〇六）

庚辰本第七十一回：

因今歲八月初三日，乃賈母八旬之慶。……

南安太妃因問寶玉，賈母笑道：「……他跪經去了。」又問衆小姐們，……賈母回頭命鳳姐兒去把史（湘雲）、薛（寶釵、寶琴）、林（黛玉）帶來，「再只叫你三妹妹陪着來罷。」

……

其中湘雲最熟，南安太妃因……一手拉着探春，一手拉着寶釵，問幾歲了，又連聲誇贊。……又拉着黛玉、寶琴，也着實細看，極誇一回。⓮

⓭ 庚辰本，頁一五九二至一五九六。

⓮ 庚辰本，頁一五九七至一六〇一。

從南安太妃初見探春、黛玉、寶釵、寶琴四人的誇贊看，探春的美貌，與三人相當。也是因她大方，能對應，所以賈母要她出來見貴賓。

筆者揣摩這一節，作者似預伏南安太妃將要替探春作媒，遠嫁南方某王子或王爺。

庚辰本第六十三回：

寶釵又擲了一個十六點，數到探春。（探春）笑道：「我還不知得個什麼呢？」伸手掣了一根出來。自己一瞧，便擲在地下，紅了臉，笑道：「這東西不好……許多混話在上頭。」……襲人等忙忙拾了起來。衆人看上面是一枝杏花；那紅字寫着「瑤池仙品」四字。詩云：

日邊紅杏倚雲栽

註云：得此籤者，必得貴壻。大家恭賀一杯，共同飲一杯。

衆人笑道：「……我們家已有了個王妃。難道你也是王妃不成。大喜大喜。」說着大家來敬（酒），探春那裏肯飲。……⓯

杏花的杏音同幸；紅杏意花正盛開，喻女子正青春美麗的年齡時期。日邊指對象與皇帝關係親近。雲指位高。籤題「瑤池仙品」，指得此籤者，將成為西王母一類貴人。所以籤上的註說，大家都要賀她嫁給王爺家為妃。

⓯ 庚辰本，頁一四〇七至一四〇八。

甲戌本第五回元春的畫冊詩：

只見畫着一張弓，弓上掛一香櫞。也有一首歌詞云：

二十年來辨是非，（二十歲便是妃）

榴花開處照宮闈。

三春爭及初春景，（元春是皇妃）

虎兔相逢大夢歸。⓰

探春的大瓷盤中有嬌黃玲瓏大佛手。佛手即香櫞，象徵大好姻緣。「不及」其姐，故為王妃。因遠嫁，如風箏斷線，不能歸寧。從脂批探春風箏燈謎詩看，探春一出嫁，直到賈家事敗人散，都未回過娘家一次。所以她也跳不出「千紅一窟（哭）」，「萬艷同杯（悲）」的魔咒。

⓰ 甲戌本，頁七乙面至八甲面。

巧姐的姻緣

巧姐是王熙鳳唯一的女兒。十二釵中她年紀最輕，前八十回中對她着墨很少。《石頭記》第六回：

（劉姥姥）於是來至東邊這間屋內，乃是賈璉的女兒大姐兒睡覺之所。……

這裏鳳姐叫人抓些果子與板兒喫。……

周瑞家的傳了一桌客饌來，擺在東邊屋內。過來帶了劉嫽嫽和板兒過去吃飯。……

鳳姐乃道：「這是二十兩銀子，暫且給這孩子（板兒）做件冬衣罷。」……劉姥姥只管千恩萬謝，拿了銀錢……出來，……❶

賈璉的女兒，此時仍小，尚未取正式的名字。一開始來見鳳姐，便安排在其女「大姐兒」的臥房接待劉姥姥和板兒，作者的用意已在字裡行間。脂硯齋所謂「伏線千里」。（見下引文）《石頭記》第三十九回：

❶ 甲戌本，卷六，頁九甲面至一五乙面。

忽見上回來打抽豐的劉姥姥和板兒又來了，坐在那邊屋裏。……劉姥姥（向平兒問好，）又說，……「今年多打了兩石糧食，瓜果菜蔬也豐盛。這是頭一起摘下來的，並沒敢賣呢；留的尖兒，孝敬姑奶奶，姑娘們嚐嚐。」……

劉姥姥便知是賈母了，忙上來陪笑，道了萬福，口裏說：「請老壽星安。」……那板兒仍是怯人，不知問候。……❷

《石頭記》第四十回：

那板兒……又要佛手吃。探春揀了一個與他，說：「頑罷；吃不得的東西。」❸

《石頭記》第四十一回：

忽見奶子（奶媽）抱了大姐兒來；大家哄他頑了一會。那大姐兒因抱着一個大柚子頑的。忽見板兒抱着一個佛手，便也要佛手。

脂硯齋雙行註批：「小兒常情，遂成千里伏線。」

---

❷ 庚辰本，頁八二八至八三三。

❸ 庚辰本，頁八五九。

> 丫環哄他取去。大姐兒等不得，便哭了。衆人忙把柚子與了板兒；將板兒的佛手哄過來與他（大姐兒）纔罷。那板兒……又忽見這柚子又香又圓，更覺好頑，且當毬踢着頑去，也就不要佛手了。」

大姐兒（巧姐）和板兒的姻緣，在第四十一回便很清楚地浮現出來了。

板兒在秋爽齋要佛手吃，探春給了一個與他，告訴他佛手是不能吃的東西。板兒便抱著頑。及大姐兒見了，便也要頑佛手。眾人便將她原本抱著的柚子和板兒交換了。兩小遂各得其願。文中暗示出二人的姻緣，就在所交換的頑物上。

佛手又名「香櫞」。那柚子又「香」又「圓」與之諧音；又和佛手同屬柑橘科的果實。本來在板兒手中是柚子，（柚子諧音猶子，屬王熙鳳娘家排行的侄子。）到了大姐兒手中，是同輩親戚身分象徵。符合賈府、薛家都是親上加親的習慣。

佛手是香櫞俗名，意謂好姻緣。柚子同科，亦既香且圓。香櫞換香圓，姻緣「巧」合。

《石頭記》第四十二回：

> （鳳姐兒）道：「大姐兒因為找我去，太太遞了一塊糕給他。誰知風地裏吃了，就發起熱來。」劉姥姥道：「……依我說，給他瞧瞧祟書本子，……」一語提醒了鳳姐兒，便叫平兒拿出《玉匣記》，着彩明來念。彩明翻了一回，念道：「八月二十五日，病者在東南方，

得遇花神。用五色紙錢四十張，向東南方四十步，送之大吉。」……果見大姐兒安穩睡了。

……

鳳姐兒道：「……他（大姐兒）還沒個名字。你就給他起個名字。」……劉姥姥……笑道：「不知他幾時生的？」鳳姐兒道：「……可巧是七月初七日。」劉姥姥忙笑道：「這個正好。就叫他是『巧』哥兒——這叫做以毒攻毒，以火攻火的法子。……逢凶化吉却從這『巧』字上來。」❹

庚辰本第二十七回，「……鳳姐等，並巧姐、大姐、香菱與眾丫鬟們在園內玩耍，……」❺其庸等校注本〈校記〉：「蒙府本無『巧姐』二字。」筆者的話引文證巧姐、大姐是一人。筆者疑此回「巧姐」二字乃後之批者所加批語，而過錄者誤抄入為正文。據此推論，蒙府本當在過錄庚辰本之前。（就蒙府本前八十回而論）甲辰（乾隆四十九年）本同庚辰本，則蒙府本當是乾隆四十九年前的抄本。

甲戌本第五回：

寶玉一心只揀自己的家鄉封條看，……後面又有一座荒村野店，有一美人在那裡紡績。其

❹ 庚辰本，頁八九二至八九四。

❺ 庚辰本，頁五六五。

判曰：

勢敗休云貴，家亡莫論親。

偶因濟劉氏，巧得遇恩人。❻

這是巧姐在家亡後，生活的寫照。此時巧姐已是村姑農婦打扮，操持績麻紡線等工作。

劉姥姥首次入榮國府告窮求濟助，王熙鳳送劉姥姥二十兩銀子，在當時是她們農家一年的生活費。劉姥姥可能要女婿（板兒的父親）添購了一點田地。所以第二次進榮府之年，糧食增收些，瓜果菜蔬也豐收，特來作感恩之報。而且此次劉姥姥更投了賈母的緣。臨別時，見贈的衣、物不計，單是銀子有「這一包是八兩銀子，這都是我們奶奶（鳳姐）給的；這兩包，每包裏頭五十兩，共是一百兩，是太太（王夫人）給的，叫你拿去或者作個小本買賣，或者置幾畝地，以後再別求親靠友的」。❼劉姥姥應是本有此心，必照王夫人的話去做，所以巧姐的畫冊上會出現「荒村」、「野店」景象。

劉姥姥替鳳姐的女兒取名「巧姐」，祝詞是「遇難呈祥，逢凶化吉」。從第五回〈留餘慶〉曲看：

❻ 甲戌本，卷五，頁九甲面。

❼ 庚辰本，頁八九五。

留餘慶、留餘慶，忽遇恩人。

……

休似俺那愛銀錢，忘骨肉的狠舅奸兄，

……[8]

持與巧姐畫冊中的判詞「巧得遇恩人」合看，榮府勢敗家亡時，忽然劉姥姥和板兒出現，來得正「巧」，而救出了巧姐，應了「遇難呈祥」之言。後來和板兒成婚，應了上蒼的安排。

「狠舅、奸兄」是誰？

庚辰本第四十九回：

可巧鳳姐之兄王仁也正進京，兩親家一處打幫來了。[9]

庚辰本第六十八回：

鳳姐……將王信喚來，……命他托察院，只虛張聲勢，警唬而已。又拿了三百銀子與他去打點。……王信也只到家說了一聲。[10]

[8] 甲戌本，卷五，頁一五甲面。

[9] 庚辰本，頁一〇五五至一〇五六。

[10] 庚辰本，頁一五四三至一五四四。

庚辰本第七十回：

那日送（尤二姐）殯，只不過族中人，與王信夫婦、尤氏婆媳而已。⓫

由上文可知狠舅是王信的可能要比王仁大。因他送賄銀到察院私第的事敢做。至於有無騙賣外甥女巧姐，則無證據顯示他是否參與。

至於「奸兄」是誰？也無證據指向賈芸。

筆者以為賈芸不是為非作歹的人。茲推論如次：

庚辰本第二十四回：

賈芸……來至家門，先到隔壁，將倪二的信捎了與他娘子知道，方回來家。見他母親自炕上拈線。（其母）見他進來，便問：「那去了一日？」賈芸恐他母親生氣，便不說起卜世仁的事來。

脂硯齋在「賈芸恐他母親生氣，……卜世仁的事來。」側批：「孝子可敬。」「此人後來榮府事敗，必有一番作為。」⓬

⓫ 庚辰本，頁一五七七。

⓬ 庚辰本，頁五〇二。

賈芸先將倪二的口信帶到後，才回家，是守信及感恩的表現。隱瞞其舅卜世仁冷落他，以免母親生氣。所以脂硯齋批出他是個孝子。脂批推測賈芸在榮府事敗後，對榮府一定有正面的作為。可見批者深知賈芸的為人。決不可能做出忘恩負義、落井下石的事來。

賈芸得倪二仗義借銀，買了香料為見王熙鳳的賀節禮。不久謀得在大觀園補種樹的差事。即使巧姐不是熙鳳之女，他也不會做出這種傷天害理的事。

賈芸和小紅兩情相悅。小紅不久便離開怡紅院，成為鳳姐的丫鬟，始得出頭。日後榮府事敗，賈芸必念及此，更不會對巧姐不利。講義氣的倪二稱讚賈芸「好漢」，補後四十回者視若無睹？

以上的論證，足夠洗出賈芸來。

程甲本第一百十八回：

> 賈環道：「……外藩要買個偏房，你們何不和王大舅商量，把巧姐說給他呢？」……賈環在賈芸耳邊說了些話。賈芸雖然點頭，只道賈環是小孩子的話，也不當事。恰好王仁走來說道：「你們兩個人商量些什麼？瞞着我麼。」賈芸便將賈環的話附耳低言的說了。王仁拍手道：「……若是你們敢辦，我是親舅舅，做得主的。」……賈環等商議定了，王仁便去找邢大舅。賈芸便去回邢、王二夫人，說得錦上添花。……賈芸又鑽了相看的人，……邢相看的人應了。賈芸便送信與邢夫人，並回了王夫人。……邢夫人信了兄弟並王仁的話，

……「孫女兒也大了。現在璉兒不在家，這件事我還做得了主。……」王夫人聽了這些話，心下暗暗生氣，……。⓭

這是續書者毫無根據的撰寫。他說巧姐也大了，則巧姐有外藩派人來相親時應有十五歲左右。賈芸卻說賈環是小孩子。其實賈環大巧姐十歲以上。以巧姐的年齡推，賈環至少二十五歲以上了。續書者也把賈芸的為人改變了。

巧姐的婚事，自然由賈璉作主。邢夫人是巧姐的繼祖母；王仁雖然是親舅，都不能不經賈璉而擅自為巧姐作主。巧姐年紀輕，並不急於出嫁。

近人張之《紅樓夢新補》：「王仁回家，託言有本族太太在城西鄉間居住。今辦喜事，要帶巧姐兒去等語。哄的巧姐兒信真，……便雇車帶巧姐兒到子午鎮來，大順店裏下榻，專候賈芹引販子來會。……」⓮

張之將賈芸換成賈芹，雖較程甲本近理，仍是欠缺有力證據。

⓭ 其庸等校注本，頁一七六〇至一七六二。里仁書局革新版彩畫本，臺北。

⓮ 張之《紅樓夢新補》，頁二一六九。山西人民出版社，太原。

秦可卿秦鍾的命名

秦可卿、秦鍾姐弟倆的姓名，與南京有關。

甲戌本第五回：

賈蓉之妻秦氏，……生得嫋娜纖巧，行事又溫柔和平，……秦氏笑道：「……上月，你沒看見我那個兄弟來了？……」……

秦氏……又聞寶玉口中連叫：「可卿救我。」因納悶道：「我的小名，這裏沒人知道，他如何從夢裏叫出來？」❶

甲戌本第七回的正文前，有一首七絕。

題曰：

十二花容色最新，

不知誰是惜花人。

❶ 甲戌本，卷五，頁一二甲面至一八甲面。

相逢若問名何氏，
家住江南姓本秦。

甲戌本第七回：

鳳姐……一把攜了這孩子的手，……方知他學名喚秦鍾。

脂批：「設云秦鍾。古詩云：『未嫁先名玉，來時本姓秦。』二語……」❷

秦可卿的姓名，似本秦淮河。《讀史方輿紀要》：「青溪在上元縣（今南京市）東六里。溪發源鍾山，下入秦淮。」❸青音同卿。推測其單名「清」。

秦鍾命名本於南京的鍾山。姐命名以水，弟命名以山。「蔣山青，秦淮碧。」本地風光，名字「清」雅。

甲戌本第五回：

其判云：
情天情海幻情身，

❷ 甲戌本，卷七，頁一甲面至一〇乙面。

❸ 《讀史方輿紀要》，卷二十，頁九二五。洪氏出版社印行，臺北。

情既相逢必主淫。
漫言不肖皆榮出，
造釁開端實在寧。❹

這是秦可卿的判詞。

甲戌本第十六回：

寶玉叫道：「鯨兄，寶玉來了。」❺

該回回目「秦鯨卿夭逝黃泉路」。顯然鯨卿為秦鍾的字。鍾意為大的飲器，猶鯨魚口腹之大。所以姐字可卿，弟字鯨卿。秦鍾是秦業晚年生的唯一兒子，為之取名及字，希望他日後成大器。可惜姐弟都因「淫」而夭逝。

秦可卿、秦鍾皆早夭。賈寶玉則家破人散後潦倒貧困。故脂硯齋有評語：「少年色嫩不堅勞（牢），以及非夭即貧之語……」❻

❹ 甲戌本，卷五，頁九甲面至乙面。
❺ 甲戌本，卷十六，頁一五乙面。
❻ 甲戌本，卷三，頁一三甲面。

秦音很近於情。卿音亦近於親，言其情可親愛。可卿本是她的小名。她是秦業從養生堂抱來的養女，賈家不知她這個小名。正式名字當為秦業所取。曹雪芹比照其弟秦鍾字鯨卿，定第十三回回目為「秦可卿死封龍禁尉」，將她的小名轉為字。

作者石頭替這對姐弟命名，則與賈寶玉的「女人是水作的骨肉，男人是泥作的骨肉」❼理論相應。

❼ 甲戌本，卷二，頁九甲面。

論姓名與五行

《紅樓夢》裡的人物，多數姓名是作者精心設計的。最典型的是賈府四位小姐，照著生辰和年齡的大小順序而取名。春字有點俗，加上一個動詞，便文雅。表示「良辰美景，賞心樂事」。其實暗寓她們的命運是「原應嘆息」。跟書中的「風月寶鑑」一樣，要兩面看的。

現以大觀園裡最活躍的五位要角為例，試論其姓名與五行的關係。

賈寶玉是「諸豔之貫」，金陵十二釵與他非親即戚；像十二枚銅錢，由一根索綸串連起來一般。

赤瑕宮神瑛侍者，投胎為啣玉而生的賈寶玉，住榮國府內大觀園中的怡紅院。石、玉同類，屬五行中的土。火生土，故性愛紅色。那塊與生俱來的「鴿子蛋」（玉）主要是紅色。

前世是一株絳珠草，轉世投胎於林家，姓屬五行中的木。寄住在多竹的瀟湘館。草、竹、木同類，色青；竹竿似綠玉，故名黛玉。

賈探春的生日，是三月初三，正值「姹紫嫣紅開遍」的時節。她的渾名是「玫瑰花」，「又紅又香，無人不愛的，只是刺戳手」。❶李紈和她代鳳姐當家，李紈雖是其親嫂，因賈府規矩，寡婦

❶ 庚辰本，頁一四八四至一四八五。

不當家，實際等於監督。家務的予奪裁決，皆由探春肩任。從薛寶釵、李紈、探春在議事廳上用餐的座位，就可看出，她擔任主人一角。寶釵是客，面向南坐；李紈面向東作陪；探春面朝西坐，是主人。她像一把火，將很多積弊燒掉。連「鳳辣子」王熙鳳都「畏（敬）他五分」。❷詩號「蕉下客」，蕉字從草，焦聲。住「秋爽齋」，秋字從禾，𤓯省聲。秋含火。所以推探春性屬五行中的火。

薛寶釵，薛音雪，肌膚雪白。其常帶的金項圈上佩有金鎖。五行金色白。她性喜潔白，居室中素淨如雪洞。初入榮國府，住梨香院；梨花色白。服的「冷香丸」是由白牡丹花蕊、白荷花蕊、白芙蓉花蕊、白梅花蕊為藥材，雨水當日的雨水、白露當天的露水、霜降這日的霜、小雪這天的雪；加上蜂蜜、白糖作成丸子。❸後移居蘅蕪苑，其中遍植藥材、香料，「利息更大」，滿地是「銀子」。白於五行屬金，所以名為薛寶釵。

史湘雲的畫冊，「畫幾縷飛雲，一灣逝水」；判詞中有「湘江水逝楚雲飛」之句。❹雲和水是一物的兩種形態。判詞明點出她的名字。她父母早逝，依叔嬸（小史侯）生活。祖姑為賈母史太君，接她來榮國府住，幼與珍珠（襲人）住賈母院。後常來做客，或在黛玉房中睡，

❷ 庚辰本，頁一二一九。
❸ 甲戌本，卷七，頁二乙面至三甲面。
❹ 甲戌本，卷五，頁八甲面。

或在蘅蕪苑和寶釵住。居無定所，真如畫中的「飛雲」、「逝水」。舊家有閣名枕霞，她的詩號「枕霞舊友」，雲霞一體。其性格「光風霽月」，口才滔滔不絕。所以推排她到五行中水的位置。

丫鬟的姓名與其小姐

俗語云：「牡丹雖好，也要綠葉陪襯。」《石頭記》作者石頭，在丫鬟的命名上，頗見用心。用丫鬟的姓名，來彰顯或暗示其主人的性情、擅長、命運等，在美學上發揮了陪襯的功能。

一、林黛玉的丫鬟

㈠雪　雁

甲戌本第三回：

黛玉只帶了兩箇人來，……一箇是十歲的丫頭，亦是自幼隨身的，名喚雪雁。❶

蘇東坡〈和子由澠池懷舊〉：「人生到處知何似？應似飛鴻踏雪泥；……」言人浮生無常，像鴻雁之過雪地，其所留足跡很快就消滅不見。雪雁之名，取義於此句。暗喻其主人林黛玉寄居

❶ 甲戌本，卷三，頁一六甲面。

外祖母家的短暫人生，好似東坡曾過澠池題詩於僧寺之壁。後重遊舊地，而老僧已死，詩跡因壁壞無存的無常。同時暗示黛玉是位才高的詩人。

㈡紫　鵑

甲戌本同回：

賈母……便將自己身邊一個二等的丫頭，名喚鸚哥者，與了黛玉，……❷

甲戌本第八回：

雪雁道：「紫鵑姐姐怕姑娘冷，使我送來的。」

脂硯齋側批：「鸚哥改名已。」❸

《本草綱目》：鸚鴞的俗名為鸚哥。

李時珍曰：亦作鸚䳇。綠鸚鴞出隴、蜀，而滇南、交、廣近海諸地尤多。其性畏寒。

綠鸚䳇羽毛近林木的葉色；性怕冷，與黛玉同。善學人言，暗映襯黛玉口才甚佳，且過耳不

---

❷ 甲戌本，卷三，頁一六甲面。

❸ 甲戌本，卷八，頁八甲面。

忘。都是林黛玉的靠色。

稍後，鸚哥易名為紫鵑。李時珍曰：「杜鵑出蜀中，今南方亦有之。……春暮即鳴，夜啼達旦。」「其鳴若曰『不如歸去』。」「藏器曰：人言此鳥啼至血出乃止。」❹暗隱「血淚」二字，所以易名為紫鵑。這又是黛玉失眠、還淚等常態的靠色。

㈢春　纖

庚辰本第二十九回：

林黛玉的丫頭紫鵑、雪雁、春纖，……❺

紫鵑和雪雁是林黛玉的貼身丫鬟。春纖可能是在黛玉入住瀟湘館，賈母派給她四個丫鬟中之一。作者對她着墨甚少，從「只見春纖正在欄杆上晾手帕子」看來，她應是黛玉的洗滌衣物的丫頭。

管見是，春纖之名，宜從史湘雲的〈如夢令〉和賈探春的半闋〈南柯子〉詞句來解釋。〈如夢令〉有「豈是繡絨殘吐，捲起半簾香霧；纖手自拈來，空使鵑啼燕妒。……」〈南柯

❹《本草綱目》，頁一四七七。國立中國醫藥研究所出版，臺北。

❺庚辰本，頁六一五。

子〉：「空掛纖纖縷，徒垂絡絡絲，……」纖手即白而細嫩的手。纖纖縷即細白的柳絮。再看薛寶琴的〈西江月〉，有「明月梅花一夢」之句，也是寫柳絮的潔白，且寓黛玉飄泊的起點揚州。唐詩「二十四橋明月夜」，前人有「二分明月在揚州」之句，而揚州有梅花嶺。綜合上述柳絮詞及詩文，春纖丫鬟取名，也是黛玉飄泊命薄的靠色。

二、賈元春的丫鬟

抱琴

庚辰本第十七至十八回：

又有賈妃原帶進宮去的丫鬟抱琴等，上來叩見。

脂硯齋於「抱琴等」下雙行註批：

前所謂賈家四釵之鬟，暗以琴、棋、書、畫排行，至此始全。❻

---

❻ 庚辰本，頁三五五。

元春的丫頭抱琴，命名為賈府四位小姐的貼身丫鬟之首，按琴、棋、書、畫排行。這四個名詞上加個動詞，除了雅以外，又表示其侍奉的小姐所擅長的藝文活動。《說文解字》：「琴，禁也。」暗寓元春入禁宮的命運，正如她自己所說：「『當日既送我到那不得見人的去處，……』說到這句，不禁又哽咽起來。」❼抱有奉守意，抱琴象徵奉守宮廷禁令度日。

三、賈迎春的丫鬟

甲戌本第七回：

迎春的丫頭司棋……❽

庚辰本第二十九回：

迎春的丫頭司棋、綉橘，……❾

❼ 庚辰本，頁三五四。
❽ 甲戌本，卷七，頁五甲面。
❾ 庚辰本，頁六一五。

庚辰本第六十一回：

忽見迎春房裏小丫頭蓮花兒走來，……

脂硯齋雙行批：

總是寫春景將殘。❿

迎春的貼身丫頭是司棋和綉橘。最年輕的是蓮花兒。

㈠司　棋

庚辰本第七十九回：

寶玉……只聽說娶親的日子甚急，不過今年就要過門的。又見邢夫人……將迎春接出大觀園去，……因此天天到紫菱洲一帶地方徘徊瞻顧，……信口吟成一律，曰：

……

不聞永晝敲棋聲，

❿ 庚辰本，頁一三四五。

燕泥點點污棋枰。

……⓫

迎春長於下圍棋，司棋命名以此。抄檢大觀園，查出她藏有男鞋襪及其表兄約來園中相會帖。被王夫人逐出，交其母配人。迎春送她一個絹包作紀念。

㈡綉　橘

庚辰本第七十三回：

綉橘因說道：「如何。前兒我回姑娘，那一個攢珠纍絲金鳳竟不知那裏去了。回了姑娘，姑娘竟不問一聲兒。我說必是老奶奶（迎春的乳母）拿去，典了銀子放頭兒的。姑娘不信，只說司棋收着呢。……司棋……他說沒有收起來，……姑娘就該問老奶奶一聲，只是臉軟怕人惱。……」……迎春忙道：「……省些事罷，寧可沒有了，又何必生事。」綉橘道：「姑娘怎麼這樣軟弱。都要省起事來，將來連姑娘還騙了去呢。我竟去（告訴鳳姐）的是。」……

綉橘便說：「贖金鳳是一件事，說情是一件事，別絞在一處說。難道姑娘不去說情，你就

⓫ 庚辰本，頁一八四三。

不賭了不成？嬸子且取了金鳳來再說。」王住兒家的（迎春乳母的媳婦）聽見……綉橘的話又鋒利無可回答。……⑫

綉本字作繡，有美好的意思。名字取秋天橘熟色紅美之義。

綉橘思路清晰，口才伶俐，忠勇敢諫。卻侍奉一位最懦弱的主人。迎春渾名「二木頭」，連自己都「未照管齊全」，幸好有剛強的司棋，和聰明伶俐的綉橘侍候，過了一段最平靜快樂的歲月。

這年秋，迎春出嫁，陪了四個丫頭去，其中應有綉橘，則其下場之悲可知。

㈢蓮花兒

庚辰本第六十一回：

迎春房裏小丫頭蓮花兒走來說：「司棋姐姐說了，要碗雞蛋，頓（炖）的嫩嫩的。」（柳家的推說缺少）

蓮花兒道：「……別叫我翻出來。」……真個走來揭起菜箱一看，……有十來個雞蛋，說道：「這不是！……吃的是主子的，我們的分例，……」蓮花兒賭氣回來，便添了一篇話告訴了司棋。司棋聽了，不免心頭火起，……帶了小丫頭們走來，……（將廚房的菜亂翻

⑫ 庚辰本，頁一六六〇至一六六三。

亂擲，）司棋被眾人一頓好言方將氣勸的漸平。……柳家的只好……蒸了一碗蛋，令人送去。司棋全潑了（在）地下了。⓭

蓮花兒雖小，口齒卻尖利。此時已過了清明節，應該是春末夏初，開始有蓮花的時節。到了秋天蓮花枯敗，正是迎春出嫁時。蓮花兒很可能和綉橘同在四個陪嫁丫頭之中，結果應和本名英蓮的香菱一樣，橘落蓮萎，「千紅一窟（哭）」。主子嫁給「中山狼」，陪嫁丫頭成了四隻「小豬」，悲哉！

四、賈探春的丫鬟

(一)待　書

甲戌本第七回：

探春的丫鬟待書，……⓮

⓭ 庚辰本，頁一三四五至一三五〇。

⓮ 甲戌本，卷七，頁五乙面。

庚辰本第二十九回：

探春的丫頭待書、翠墨，……⑮

庚辰本第七十四回：

探春喝命丫鬟道：「你們沒聽他說的話。還等我和他對嘴去不成？」待書等聽說，便出去說道：「果然回老娘家去，倒是我們的造化了。只怕捨不得去。」

待書立即順其話勢以頂回去，使王善保妻一時語塞。博得鳳姐讚她：「好個丫頭！真是有其主必有其僕。」⑯

㈡翠　墨

庚辰本第三十七回：

寶玉……只見翠墨進來，手裏拿着一幅花箋送與他。寶玉回道，……才說要瞧瞧三妹妹去

⑮ 庚辰本，頁六一五。
⑯ 庚辰本，頁一六九四。

的。可好了些，……翠墨道：「姑娘好了。今兒也不吃藥了；不過是涼着一點兒。」……

同翠墨往秋爽齋來，……⑰

庚辰本第六十二回：

原來是翠墨……八九個人，都抱着紅氊，笑着走來，說：「拜壽的擠破了門了，快拿麪來我們吃。」⑱

(三)蟬姐兒

庚辰本第六十回：

這日飯後探春正上廳理事，翠墨在家看屋子，因命蟬姐兒去叫小么兒買糕去，……⑲

探春喜好書法，或擅長此道。其丫頭待書和翠墨、蟬姐兒的命名以此。筆、墨屬文房四寶之二，筆不離墨，黑白分明。合三人以彰顯探春的正直聰穎，明辨是非，風雅脫俗。

---

⑰ 庚辰本，頁七七七至七七九。

⑱ 庚辰本，頁一三六六。

⑲ 庚辰本，頁一三三三。

待書和翠墨是探春的貼身丫鬟。待書隨身不離，負責飲食。翠墨任重要差遣，或留守秋爽齋，出門則同侍從主人。蟬姐兒名取義，蟬色黑，類墨光。她聽差遣小事情。備妥文房用具以待書，研磨好發光澤的墨汁，是三人名字的意義。

五、賈惜春的丫鬟

(一)入　畫

甲戌本第七回：

惜春笑道：「我這裏正和智能兒說，……我明兒也剃了頭同他作姑子去呢，可巧又送了花兒來。若剃了頭，把這花可帶在那裏?」說着大家取笑一回。惜春命丫鬟入畫來收了。[20]

庚辰本第二十九回：

惜春的丫頭入畫、彩屏，……[21]

---

[20] 甲戌本，卷七，頁五乙面。

[21] 庚辰本，頁六一五。

庚辰本第七十四回：

誰知竟在入畫箱中尋出一大包金銀錁子來，約共三四十個。又有一幅玉帶板子，並一包男人的靴襪等物。入畫也黃了臉。因問是那裏來的。入畫只得跪下哭訴真情說：「的是珍大爺賞我哥哥的。因我們老子娘都在南方，如今只跟着叔叔過日子。……我哥哥怕交給他們又花了，所以每常得了，悄悄的煩了老媽媽帶進來，叫我收着的。」……入畫跪着哭道：「……奶奶只管明日問我們奶奶和大爺去。……」……

鳳姐道：「素日我看他還好。誰沒一個錯。只這一次，二次犯下，二罪俱罰。……」……忽見惜春遣人來請。尤氏遂到了他房中來。惜春便將昨晚之事細細告訴與尤氏；又命將入畫的東西一概要來與尤氏過目。尤氏道：「實是你哥哥賞他哥哥的，只不該私自傳送。……」……

惜春道：「……嫂子來的恰好，快帶了他去，或打、或殺、或賣，我一概不管。」入畫聽說，又跪下哭求，說：「再不敢了。只求姑娘，看從小兒的情常，好歹生死在一處罷。」……尤氏……「……即刻就叫人將入畫帶了過去！」㉒

㈡彩　屏（見上文）

㉒ 庚辰本，頁一六九五至一七〇四。

㈢彩　兒

庚辰本第六十二回：

探春因一塊棋受了敵，……因回頭要茶時纔看見，問：「什麼事？」林之孝家的便指那媳婦說：「這是四姑娘屋裏的小丫頭彩兒的娘……嘴很不好，……他說的話也不（能）回姑娘。」……探春道：「既這麼着，就攆出他去，等太太來了，再定奪。」㉓

惜春的三個丫頭，入畫和彩屏應是貼身丫頭；小丫頭彩兒則是聽差遣等雜務。入畫意為已經畫成了，暗示其主子惜春將出家，看破一切都如鏡中花，水底月，畫裡人，是假合的假象。

彩屏，意為有彩畫彩飾的屏風。屏風上多有畫，命名亦在襯托主人的專長。彩兒意為人生榮華光彩的青春時期很短暫。也是暗示惜春的出世思維：「把這韶華打滅，覓那情淡天和。」（〈虛花悟〉）

賈府四豔的丫鬟，脂硯齋評其取名：

曰司棋，曰待書，曰入畫，後文補抱琴。

㉓ 庚辰本，頁一三八四至一三八五。

琴、棋、書、畫四字最俗，上添一虛字，則覺新雅。㉔

惜春所長是繪畫中的寫意，如梅、蘭、菊、竹等。常用彩色顏料著色。故其丫頭名帶彩字。

書中人物命名之佳，除了新雅，暗寓四姐妹的喜好或擅長的藝文活動，皆得其當。以丫頭的名字來渲染其小姐，涵蘊之富，古今小說當推《紅樓夢》為冠首。

六、薛寶釵的丫鬟

㈠鶯　兒

甲戌本第七回：

只見薛寶釵……同丫鬟鶯兒正描花樣子呢。㉕

甲戌本第八回：

㉔ 甲戌本，卷七，頁五乙面。

㉕ 甲戌本，卷七，頁一乙面。

鶯兒嘻嘻笑道：「我聽這兩句話，倒像和姑娘的項圈上的兩句話是一對兒。」㉖

庚辰本第三十五回：

可巧鶯兒和喜兒都來了。寶釵知道他們已吃了飯，便向鶯兒道：「寶兄弟正叫你去打絛子，你們兩個一同去吧。」……寶玉笑向鶯兒道：「……煩你不為別的，却為替我打幾根絛子。」……寶玉道：「（繫）汗巾子就好。」鶯兒道：「汗巾子是什麼顏色的？」寶玉道：「大紅的。」鶯兒道：「大紅的須是黑絡子才好看的，或是石青的才壓的住顏色。」寶玉道：「松花色配什麼？」鶯兒道：「松花配桃紅。」寶玉道：「這才姣艷。再要雅淡之中帶些姣艷。」鶯兒道：「葱綠柳黃是我最愛的。」寶玉道：「也罷了。也打一條桃紅，再打一條葱綠。」……寶玉道：「前兒你替三姑娘打的那花樣是什麼？」鶯兒道：「那是攢心梅花。」寶玉道：「就是那樣。」……

寶玉道：「你本姓什麼？」鶯兒道：「姓黃。」寶玉笑道：「這個名姓倒對了，果然是個黃鶯兒。」鶯兒笑道：「我的名字本來是兩個字，叫作金鶯。姑娘嫌拗口，就單叫鶯兒。……」……

鶯兒笑道：「你還不知道，我們姑娘有幾樣世人都沒有的好處呢。模樣兒還在次。」㉗

㉖ 甲戌本，卷八，頁五甲面。

㉗ 庚辰本，頁七四四至七五一。

庚辰本第五十九回：

鶯兒恰（便）一行走，一行編花籃。隨路見花便採一二枝，編出一個玲瓏過梁的籃子；枝上自有本來翠葉滿布，將花放上却也別緻有趣。……

黛玉……笑說：「這個新鮮花籃是誰編的？」鶯兒笑說：「我編了送姑娘的。」黛玉接了，笑道：「怪道人讚你的手巧。這玩意兒却也別緻。……」㉘

鶯兒的姓名，和薛寶釵的「釵」相犯；黃、金色重複，所以省略金字，非僅因韻近似。「黃鶯兒」出自唐詩，名便雅而好聽。鶯兒的藝能不只是手巧，精於編織，其配色之妙、合乎美學。她和主人同時在「描花樣子」，表示有刺繡之技。她說寶釵「有幾樣世人都沒有的好處」，世人指的應是普通閨秀；好處即優點。從寶釵替惜春開列的畫具等看，她是會繪畫的。且精於女紅，博學多聞，善詩、詞、曲。特別是她的品行、器識、風度、言語，這些應是鶯兒所謂的「好處」，在《紅樓夢》中，芬芳獨秀人人見。

寶釵對黛玉說，自其父謝世後，她便將雜書摒棄，專事女紅，侍母持家，分憂解悶。其理性而智慧的表現，林黛玉評之為「老道」。兩人林以才見許，薛以德見稱。雙峰並峙，不分軒輊。鶯兒長期在寶釵薰陶下，學到了普通丫頭未必能的技藝。寫鶯兒，也是間接寫寶釵。這種一筆數寫，

㉘ 庚辰本，頁一三〇八至一三〇九。

是石頭常用的技巧。如：

甲戌本第八回：

寶釵因笑說道：「成日家說你的這玉，究竟未曾細細的賞鑑，……」……

寶玉……摘了下來，遞與寶釵手內。……寶釵又從（重）翻過正面來細看，口內念道：「莫失莫忘，仙壽恒昌。」……

鶯兒嘻嘻笑道：「我聽這兩句話，倒像和姑娘的項圈上的兩句話是一對兒。」

鶯兒能聽辨出小姐口中兩句從未說過的文言文，立刻說出和寶釵項圈上「不離不棄，芳齡永繼」成對，這種本事，非一般丫頭所能及的。欣賞舞臺崑曲演出新戲，如無字幕，有幾人能聽懂其曲文？可見鶯兒文學修養之深厚。

寶玉的玉上天成的八字和寶釵項圈上金鎖的八字，是頗工整的成一對聯。字面之外，又暗示二寶的命理四柱八字，註定可成一對。意涵兩人有姻緣之分。這是丫頭起靠色作用，以突顯其主人。

寶玉含玉而生，意為與生俱來的貴。寶釵金鎖，因癩頭和尚送了二句吉利語而製成項圈，為後天的富。玉郎對金娃，就是貴與富的結合，這是另一寓意。

㈡文　杏

庚辰本第二十九回：

寶釵的丫頭鶯兒、文杏。❷❾

庚辰本第四十八回：

薛姨媽聽了笑道：「……文杏又小，道三不着兩，鶯兒一個人不彀伏侍的，……」❸⓿

文杏是薛寶釵的小丫鬟，因此無表現。杏子黃時美，所以名為文杏。鶯兒姓黃，杏黃色彩近金，與寶釵的「金」同色系，皆陪襯其主人。這是薛寶釵兩個丫頭命名的原由。

七、史湘雲的丫鬟

翠　縷

庚辰本第二十一回：

❷❾ 庚辰本，頁六一五。

❸⓿ 庚辰本，頁一〇三六至一〇三七。

湘雲洗了面。翠縷便拿殘水要潑。寶玉道：「站着。我趁勢洗了就完了，……」便走過來彎腰洗了兩把。……翠縷道：「還是這個毛病兒，多早晚纔改。」㉛

庚辰本第三十一回：

史湘雲帶領眾多丫鬟媳婦走進院來，……留下翠縷服侍就是了。……

翠縷道：「這麼說起來，從古至今，開天闢地，都是陰陽了。」湘雲笑道：「……什麼都是些陰陽！難道還有個陰陽不成？陰陽兩個字，還只是一字。陽盡了就成陰，陰盡了就成陽。不是陰盡了又有個陽生出來；陽盡了又有個陰生出來。」……

湘雲道：「……比如天是陽，地就是陰；水是陰，火就是陽；日是陽，月就是陰。」……

翠縷又點頭笑了，……猛低頭就看見湘雲宮縧上繫的金麒麟，便提起來，笑道：「姑娘這個難道也有陰陽？」湘雲道：「……牝為陰，牡為陽，怎麼沒有呢。」……

翠縷道：「怎麼東西都有陰陽，偺們人到沒有陰陽呢？」……

翠縷道：「姑娘是陽，我就是陰。」說着湘雲拿手帕子握着嘴呵呵的笑起來。……翠縷道：「人規矩，主子為陽，奴才為陰。我連這大道理也不懂的？」……湘雲道：「你瞧，那是誰掉的首飾，金晃晃在那裏。」翠縷聽了，忙趕上（去）拾在手裏攥着，笑道：「可分出

㉛ 庚辰本，頁四二八。

陰陽來了。」……湘雲舉目一驗，却是文彩輝煌的一個金麒麟。……湘雲伸手擎在掌上，只是默默不語，正自出神。……[32]

甲戌本第五回：

後面又畫幾縷飛雲，一灣逝水，其詞曰：

富貴又何為，襁褓之間父母違。

展眼弔斜暉，湘江水逝楚雲飛。[33]

這是史湘雲的冊畫及判詞，她的名字在詞的末句，言不知她後來流落何處。翠縷的命名，似乎貼近小姐而為之。意思是碧綠色的絲狀物。柳宗元〈漁翁〉詩：

漁翁夜傍西巖宿，曉汲清湘燃楚竹。

烟銷日出不見人，欸乃一聲山水綠。

回看天際下中流，巖上無心雲相逐。[34]

---

[32] 庚辰本，頁六六七至六七五。

[33] 甲戌本，卷五，頁八甲面。

[34] 《中國文學欣賞全集．中唐詩歌(一)》，頁五四〇五。莊嚴出版社，臺北。

湘雲一名，似從此出。湘水清則水綠；巖上雲縷飛移。翠縷義兼「湘江水逝楚雲飛」，山巖青翠，其上有雲縷飛動。這個丫頭的名字，暗示史湘雲將來飄泊的命運。

八、薛寶琴的丫鬟

小螺

庚辰本第五十二回：

忽見寶琴的小丫鬟名小螺者從那邊過去，……小螺笑道：「我們二位姑娘都在林姑娘房裏呢。……」……寶釵道：「……」說着便叫小螺來，……[35]

庚辰本第六十二回：

原來是翠墨、小螺、翠縷、入畫，……[36]

---

[35] 庚辰本，頁一一三二至一一三六。

[36] 庚辰本，頁一三六六。

小螺是薛寶琴的小丫頭。寶琴即飾有寶物的琴，如玉琴是飾著玉的琴；則鑲著螺鈿的琴應是寶琴。小螺命名的意義，也是在襯托其主子寶琴出身富貴人家。寶琴不在十二金釵冊畫之中。在榮國府活動的閨秀中，她是福氣最大的。所謂「梅開五福」是其歸宿。

九、邢岫烟的丫鬟

篆兒

庚辰本第五十七回：

湘雲笑道：「我見你令弟媳的丫頭篆兒悄悄的遞與鶯兒，……所以拿來大家認認。」[37]

湘雲暫住蘅蕪苑，見篆兒交給鶯兒一張當票而不認得是什麼，持來問寶釵等。

庚辰本第六十二回：

原來是翠墨、小螺、翠縷、入畫，邢岫烟的丫頭篆兒，……[38]

---

[37] 庚辰本，頁一二八三至一二八四。

[38] 庚辰本，頁一三六六。

篆兒是邢岫烟的丫鬟。篆是篆書的意思，作者只取篆文均勻屈曲的線條形狀，為其名字，因邢岫烟的烟字而來。陶淵明詩句「雲無心以出岫」。雲縷上升，或如炷烟裊裊，都有似於篆文的線條，所以為岫烟這丫頭命名為篆兒。

邢岫烟是寶琴的哥哥薛蝌的未婚妻。蝌蚪文除起筆外，與篆文線條極類似。岫烟處繁華的大觀園中，如「閒雲野鶴」一般。薛蝌為人正派，岫烟也不是十二釵冊畫中人。相信兩人婚後生活風輕雲淡，安泰自在。

黃子釋義

《紅樓夢》第六十三回：

佩鳳、偕鴛兩個去打鞦韆頑耍。……偕鴛又說：「笑軟了，怎麼打呢？吊下來，栽出你的黃子來。」❶

此處的「黃子」，有別於他處出現的「黃子」，如蟹黃稱「黃子」，稱小孩為「黃子」。

正文記述偕鴛對佩鳳說，你如去打鞦韆，跌下來，就會造成你的黃子出來。

「黃子」在此處，宜指「血」而言；換言之，即警告佩鳳如去打鞦韆，將會摔下來，造成肢體出血。栽是摔，跌倒的意思。

筆者疑偕鴛說的是吳語。吳語區有些地方黃、王不分，都唸成「王」。稱血為「黃子」，音「王子」。是否有當，請方家教正為幸。

❶ 庚辰本，頁一四二五。

太虛幻境的隱義新探

甲戌本第一回：

（甄）士隱接了看時，原來是塊鮮明美玉，上面字跡分明，鐫着「通靈寶玉」四字；後面還有幾行小字。正欲細看時，那僧便說：「已到幻境。」便強從手中奪了去，與道人竟過一大石牌坊。那牌坊上大書四字，乃是「太虛幻境」。兩邊又有一副對聯，道是：

假作真時真亦假

無為有處有還無❶

「太虛幻境」脂硯側批：「四字可思。」❷暗示這四個字是有另一層意思隱藏其中。

「太虛幻境」是大石牌坊上的橫匾。兩旁豎柱上的對聯，是說明橫匾四字的意義。《紅樓夢》的賈府在都中，而甄府則在南京。兩府的主人是「老親」。書中「老親」的意義，在劉姥姥二進大觀園，酒後闖入怡紅院，照大玻璃鏡時對自己的影像叫「老親」，又突然醒悟是自己；書中又寫兩

❶ 甲戌本，卷一，頁一一甲面。

❷ 甲戌本，卷一，頁一一甲面。

個府中的公子賈寶玉和甄寶玉像貌、性情，乃至姊妹排行都同。所以「太虛幻境」的聯語下，脂硯齋又批出：「疊用真假有無字，妙。」

循著脂批，筆者對聯語的解讀是：假（賈）就是真（甄）；無（影像）即為有（實物）。省去疊字即：

假作真；
無為有。

也就是說「太虛幻境」是（假），實真有是地、有是府。假寫在都中，而真府實在南京。這是「石頭」經那僧「大展幻術」變為扇墜大小，形如雀卵般一塊鮮明瑩潔的美玉——通靈寶玉，投胎出生到南京的「太虛幻境」。

庚辰本第四十一回：

一時來至「省親別墅」的牌坊底下。劉姥姥道：噯呀！這裡還有個大廟呢。說着便爬下磕頭。眾人笑灣了腰。劉姥姥道：笑什麼？這牌樓上字我都認得。我們那裏這樣的廟宇最多，都是這樣的牌坊。那字就是廟的名字。眾人笑道：你認得，這是什麼廟？劉姥姥便抬頭指那字道：這不是「玉皇寶殿」四字。……

劉嫗不識字，從來沒見過皇家形制的牌坊。今一乍見，自然想到天庭至尊的玉皇祀廟上去而跪拜。那知原是「省親別墅」四字。再看庚辰本第十七至十八回：

賈政道：「這是正殿了。」……一面說，一面走。只見正面現出一座玉石牌坊來，上面龍蟠螭護，玲瓏鑿就。……衆人道：「必是『蓬萊仙境』方妙。」……寶玉見了這個所在，心中忽有所動，尋思起來，倒像那裏曾見過的一般；却一時想不起那年月日的事了。

脂硯齋雙行註批：

仍歸于胡蘆一夢之太虛玄境。

這裡可見「太虛幻境」原是「太虛玄境」四字的諱改。康熙帝名玄燁，所以書的正文避諱，題牌坊匾為「太虛幻境」。脂硯批書時用「太虛玄境」，是透露此乃皇家建築，為康熙南巡駐蹕之處所。筆者疑原底本「玄」字缺末筆。過錄者不知諱而寫原字。

同回：

石牌坊上，先暫用「天仙寶境」四字。賈妃忙命換「省親別墅」四字。于是進入行宮。

很明白這牌坊是康熙在南京織造府署花園改的行宮大門，上題著的匾額。《紅樓夢》的作者要隱藏實象，而題「太虛幻境」，實際上可能是「大清織署」四字。借省親寫南巡，元春即代表康熙，所以此匾留待元妃親題「省親別墅」始定。事實上或是康熙御筆「大清織署」以顏其額。試證如後：

《廣雅・釋詁》：「太、大也。」《廣韻》同。

《淮南鴻烈集解・原道訓》：「是故貴虛者，……」注：「虛者，情無所念慮也。」

又〈本經訓〉：「太清之始（治）❸也，……」注：「清，靜也。」情無所念慮，即心清靜虛無。太清之治，和順即不逆天（順天）；寂漠，即清靜無為，故曰貴虛。「太虛」與「大清」義通。

《紅樓夢》第二十九回：「因說起初一日在清虛觀打醮的事來，……」❹清虛同義連文。道家玉清元始天尊，洞府名「玉虛宮」，玉清、玉虛相對為文。清、虛義通之證。故「太虛」即「大清」。

幻，《說文》從反（倒）予，訓為「相詐惑」。段注：「使彼予我，是為幻化。」是幻有迷眩、不明義。

李白〈菩薩蠻〉：

---

❸ 王念孫以始為治之誤，頁七六。

❹ 庚辰本，頁六一三。

平林漠漠烟如織，……

注釋：「煙如織，指煙霧的稠密。」❺

如果不押韻，用幻、夢代織亦可通。李白用一個「織」字，將遠看一片平林，濛幛在如白紗、纖布中的夕嵐、暮靄形容出來，殊見高妙。可知「幻」與「織」皆有迷濛、不明的意象。境、署皆有地方、處所意。

李頎〈少室雪晴送王寧〉詩：「行人與我玩幽境。」❻則大清織造辦公所在，稱為「大清織署」，與其隱名「太虛幻境」意象可通。「太虛幻境」脂硯齋批二度作「太虛玄境」。❼可證幻玄義通。

❺《中國文學欣賞全集．唐五代詞》，頁九六。莊嚴出版社，臺北。

❻《全唐詩》，卷一百三十三，頁一三五二。明倫出版社，臺北。

❼庚辰本，頁三〇五。又：頁三三四。己卯本第十七回，脂批：「仍歸葫蘆一夢之太虛玄境。」頁一六七上。

紅樓夢的密碼詩聯

《紅樓夢》的詩聯語中，有的也含著隱義或暗示作用。如第一回：

那僧……將一塊大石登時變成一塊鮮明瑩潔的美玉，……那僧笑道：「形體倒也是個寶物了，只是沒有實在的好處。須得在上鐫上數字，……」

脂硯齋右旁批：「自愧之語。」「妙極，之（重文）。金玉其外，敗絮其中者，見此大不歡喜。」❶

批語指出《石頭記》是作者小說化的自傳。賈寶玉是「識得幾個字」的。(有學識的謙詞）其實尚有賈寶玉的小名，已在這和尚的口中先告訴了讀者。這是有密碼性的文字。詩句、聯語多有這種情狀。

甲戌本第一回：

那僧便說：「已到幻境。」便強從手中奪了去，與道人竟過一大石牌坊。那牌坊上大書四

❶ 甲戌本，卷一，頁五乙面。

字，乃是「太虛幻境」。兩邊又有一副對聯，道是：

假作真時真亦假

無為有處有還無

脂硯齋在太虛幻境右旁批：「四字可思。」在對聯下批：「疊用真假有無字，妙。」❷

上聯指書中時間有真有假；下聯指其地點有虛有實。

那僧及道人，攜「通靈寶玉」至警幻宮中去交割是假，賈府寶玉誕生是真。石牌上橫書「太虛幻境」是假，石頭城內織造衙門上橫題「大清織署」四字當是真。書中長安是假，現實南京是真。甄應嘉是假，曹寅家是真。

《石頭記》的小說成分屬「無」，自傳成分則屬「有」。才女七步八叉是無，閨秀雅女「歷歷有人」是有。元春為皇妃是無，曹寅兩個女兒都是王妃是有。

這是一副互文對聯，應是暗示讀者，書中的時、空、人物有真有假，情節虛中有實。

甲戌本第五回：

（寶玉夢中在警幻房內壁上）亦有一副對聯，書云：

幽微靈秀地

---

❷ 甲戌本，卷一，頁一一甲面。

無可奈何天

脂硯齋替上聯解碼：「女兒之心，女兒之境。」女兒之心說明「幽微」二字；女兒之境指出「靈秀地」三字。說的就是大觀園及其住戶。

脂硯齋在下聯的雙行批：「……可知皆從無可奈何而有。」❸可為「無為有處有還無」一聯的注腳。

甲戌本第三回：

（榮禧堂）對聯：

座上珠璣昭日月

堂前黼黻煥烟霞

脂硯齋在霞字下批：

實貼。❹

---

❸ 甲戌本，卷五，頁一一甲面。

❹ 甲戌本，卷三，頁九甲面。

脂批揭示，堂上這副對聯是真的實有。內容暗示書中榮國府與事實上皇家的服飾織造有關。

約二十年前報載：（筆者剪報）

最近在被稱為「紅樓一角」的南京江寧織造府西花園遺跡上，發掘出假山等遺物。……西花園位於現在南京市大行宮小學校的用地之內。……同時出土的還覆蓋在涼亭亭頂的筒瓦，上面塗有紅藍等色澤，並有五爪金龍的圖案。由於西花園曾經江寧織造擴建，供康熙皇帝南巡時行宮之用。因此繪有五爪金龍的筒瓦出土，足以證明該處確是當年織造府行宮花園無疑。

書中的榮國府，即史實上江南織署；其改建的後花園，即小說中的大觀園。地址在今大行宮小學（南京市中山東路和四條巷交會處）。石頭、金陵皆南京的古名，故書名「石頭記」、「金陵十二釵」。「石頭」一詞是雙關地名和人名。

庚辰本第二十一回的回前批：

有客題《紅樓夢》一律，失其姓氏。惟見其詩意駭警，故錄於斯。

自執金矛又執戈，

自相戕戮自張羅。

茜紗公子情無限，
脂硯先生恨幾多。
是幻是真空歷遍，
閑風閑月枉吟哦。
情機轉得情天破，
情不情兮奈我何。❺

這首佚名氏的七律，是一首密碼詩。其中暗藏有《石頭記》的作者和始批者。〈解讀見〈賈寶玉即脂硯齋新證〉〉茜紗公子即賈寶玉，脂硯先生即第一位批書者。二名實代表同一人在兩個階段的化身。

庚辰本第三十七回：

史湘雲一心興頭，等不得推敲刪改，一面只管和人說話，心內早已和成，即用隨便的紙筆錄出。……只見那兩首詩寫道是：

其一

神仙昨日降都門，

---

❺ 庚辰本，頁四二三。

種得藍田玉一盆。
自是霜娥偏愛冷，
非關倩女亦離魂。
秋陰捧出何方雪？
雨漬添來隔宿痕。
却喜詩人吟不倦，
豈令寂寞度朝昏。

脂硯在「自是霜娥偏愛冷」句下評曰：

又不脫自己將來形景。

脂評意謂白海棠開於季秋乃天性，又寓史湘雲婚後的獨居生活。這是脂硯解碼又一例。

其二

蘅芷階通蘿薜門，
也宜牆角也宜盆。
花因喜潔難尋偶，

人為悲秋易斷魂。
玉燭滴乾風裏淚，
晶簾隔破月中痕。
幽情欲向嫦娥訴，
無奈虛廊夜色昏。

脂評：

二首真可壓卷。

……令人想不到忽有二首來壓卷。❻

筆者管見，其二這首的頷聯，又寓林黛玉的形景。「花因喜潔難尋偶」言黛玉有潔癖，目下無塵，故尋偶也難。常悲秋而傷感垂淚。腹聯言黛玉常夜深風冷中對月落淚。末兩句言其幽懷無訴而失眠。

脂硯齋評此次諸人之作，史湘雲的詩為第一。脂硯齋此兩條批不同時，他前後共批了四次。

❻ 庚辰本，頁七九八至七九九。

賈母之於寶玉的婚姻

一、賈母對寶玉的溺愛

甲戌本第二回：

自榮（國）公死後，長子賈代善襲了官。娶的金陵世勳史侯家的小姐為妻，生了兩個兒子，長子賈赦，次子賈政。……政老爹的夫人王氏，……次年（後來之誤）又生了一位公子，……取名叫作寶玉。……

雨村道：「……金陵省體仁院總裁甄家你可知麼？」子興道：「……這甄府和賈府就是老親。……」雨村笑道：「……曾有人荐我到甄家處館，……這一個學生雖是啟蒙，却比一個舉業的還勞神。……因祖母溺愛不明，每因孫辱師責子，因此我就辭了館出來。……這等子弟，必不能守祖父之根基，從師友之規諫的。……」❶

❶ 甲戌本，卷二，頁八甲面至一一乙面。

脂硯齋於「總裁甄家」眉批：

又一個真正之家，持與假家遙對，故寫假則知真。

甲戌本第三回：

黛玉亦常聽見母親說過，二舅母生的有個表兄，乃啣玉而誕，頑劣異常，極惡讀書，最喜在內幃廝混。外祖母又極溺愛，無人敢管。……在姊妹情中極好的。……王夫人笑道：「……自幼老太太疼愛，原係同姊妹一處嬌養慣了的。……他嘴裏一時甜言蜜語，一時有天無日，一時瘋瘋傻傻，只休信他。……」❷

賈寶玉出生在富貴之家，生得既白淨又俊美，「如寶似玉」，故小名叫「寶玉」。他聰明、頑劣，不喜讀書，卻喜在內幃廝混，和姊妹們一起長大。因賈母史太君溺愛，其母王夫人不敢嚴加管教。這便是他「行為偏僻性乖張」，「潦倒不通世務」的張本。

庚辰本第二十九回：

張道士……又向賈母笑道：「哥兒越發發福了。」賈母道：「他外頭好，裏頭弱。又搭着

---

❷ 甲戌本，卷三，頁一〇乙面至一一甲面。

他老子逼着他唸書，生生的把個孩子逼出病來了。」

張道士……又嘆道：「我看見哥兒的這個形容身段，言談舉動，怎麼就同當日國公爺（賈代善）一個稿子。」……

賈母聽說，也由不得滿臉淚痕，說道：「正是呢。我養這些兒子、孫子，也沒一個像他爺爺的；就只這玉兒像他爺爺。」……

賈母道：「上回有個和尚說了，這孩子命裏不該早娶。等大一大兒再定罷。」❸

張道士是賈母的丈夫代善的替身。從他口中道出寶玉不僅容貌，連「言語舉動」都似一個模子出來般的像，真是隔代遺傳的範例。這纔是賈母溺愛寶玉的主要原因。賈迎春、探春、惜春三姐妹，迎春是王夫人的侄女；惜春是寧國府賈敬的女兒。兩人生母早逝，賈母命王夫人抱過來教養。探春雖非王夫人所生，王夫人視同己出。三人服飾打扮一樣，跟王夫人住得最近，而寶玉則住在賈母院。可見賈母對他的鍾愛，駕淩所有的孫子孫女。

庚辰本第二十三回：

忽見丫鬟來說老爺（賈政）叫寶玉。寶玉聽了好似打了個焦雷……殺死不敢去。賈母只得安慰他：「好寶貝，你只管去。有我呢，他不敢委曲了你。」……

---

❸ 庚辰本，頁六二一至六二二。

寶玉躬身進去，只見賈政和王夫人對面坐在炕上說話。地下一溜椅子，迎春、探春、惜春、賈環四個人都坐在那裏；一見他進來，惟有探春和惜春、賈環站了起來。……❹

可見賈母對寶玉的溺愛之深，賈政也不敢過於嚴加管束。

從所引文的後段可看出，王夫人對子女、侄女們的生活禮儀教育是嚴謹的。寶玉進來，只有迎春坐著不動，因她是姐姐；餘三人是妹或弟，都要站起來。可推知對寶玉的生活禮節也是如此。但他「自幼在姊妹叢中長大，不比別的兄弟」。所以能住賈母院，和黛玉等同息共餐。這是賈母之意，身為媳婦的王夫人也無可奈何。

庚辰本第二十九回：

張道士……笑道：「……我想着哥兒也該尋親事了。若論這個小姐模樣兒、聰明智慧、根基家當，倒也配的過。但不知老太太怎麼樣？……」

賈母道：「……不管他根基富貴，……只是模樣、性格兒難得好的。」

賈母為寶玉的結婚對象定了兩個標準。一是容貌要很好。二是性格要很好。要符合這兩個缺一不可的標準，即德容絕佳，秀外慧中。並不在乎對方的門第高下貧富。「難得好」等於特優，極

---

❹ 庚辰本，頁四七七至四七八。

品。她對寶玉的要求，是不能早婚。

賈母是榮國府權力的最高層。以上的談話，也是對包括王夫人、薛姨媽等在內的公開宣言。寶玉的婚姻，她「老祖宗」是主導者；賈政、王夫人不敢也不能開口。

迎春之嫁給中山狼孫紹祖，表面上是世交結親，骨子裡是賈赦的抵債嫁女。這樁婚事賈赦「亦曾回明賈母」。其實賈赦沒有說出自己欠了五千兩銀子的事；連他的夫人邢氏「也終不知端的」。如果賈赦缺錢還孫紹祖，可以向賈母開口求助。賈母為了顧全大兒子的顏面，必定會金援他。試看賈赦要收鴛鴦為妾，賈母拒絕放人，卻願出錢去買便知。

庚辰本第四十七回：

這會子他（鴛鴦）去了，你們（賈赦夫婦）弄個什麼人來我使？你們就弄他那麼一個珍珠的人來，不會說話也無用。我正要打發人和你老爺說去，他要什麼人，我這裏有錢，叫他只管一萬八千的買。就這個丫頭（鴛鴦）不能！留下他服侍我幾年，就比他日夜服侍我盡了孝的一般。你（邢夫人）來的也巧。你就去說更妥當了。……

賈赦無法，又含愧；自此便告病，且不敢見賈母。……終究費了八百兩銀子買了一個十七歲的女孩子來，名喚嫣紅，收在屋內。❺

❺ 庚辰本，頁一〇一二至一〇一九。

賈母有言在先，孫家來相親在後。賈赦為何因五千兩而葬送唯一的女兒？這是作者《春秋》之筆。賈政曾勸諫其兄，阻止這門親事達兩次，可見賈政的為人之「正」。賈母不知底裡，只好歸之於天意如此。致使迎春的「芳魂艷魄」，「一載蕩悠悠」。❻這是賈母未使用主導權的例子。

二、賈母之於林黛玉

甲戌本第三回：

黛玉方進入房時，只見兩個人攙着一位鬢髮如銀的老母迎上來。黛玉便知是他外祖母。方欲拜見時，早被他外祖母一把摟入懷中，心肝兒肉叫着大哭起來。……

賈母……因說：「我這些兒女，所疼者惟有你母。……」說着摟了黛玉在懷，又嗚咽起來。……

眾人見黛玉……身體面龐雖怯弱不勝，……有不足之症。因問常服何藥？……賈母道：「……叫他們多配一料就是了。」……

❻ 甲戌本，卷五，頁一四甲面。

熙鳳……笑道：「……這通身的氣派，……竟是個嫡親的孫女，……」❼

甲戌本第五回：

林黛玉自在榮府以來，賈母萬般憐愛，寢食起居，一如寶玉；迎春、探春、惜春三個親孫女倒且靠後。❽

賈母對這位外孫女之所以特別鍾愛，一是悲傷女兒早逝，將愛女之心加諸黛玉。二是黛玉聰明秀慧。三是身體瘦弱多病，而倍加愛憐。愛她的程度僅次寶玉，超過迎、探、惜三個孫女。王熙鳳說「竟是個嫡親孫女」，是最洞悉賈母的心事。

庚辰本第二十四回：

香菱……拉着黛玉的手，回瀟湘館來了。果然，鳳姐兒送了兩小瓶上用新茶來。❾

庚辰本第二十五回：

---

❼ 甲戌本，卷三，頁四甲面至六乙面。

❽ 甲戌本，卷五，頁一甲面。

❾ 庚辰本，頁四九一。

> 原來次日就是王子騰夫人的壽誕，……薛姨媽同鳳姐兒，並賈家四個姊妹、寶釵、寶玉一齊都去了。至晚方回。❿

端午節快要到了，必是元妃賜給賈母和薛姨媽二處的禮物，中有暹羅進貢來的茶葉，賈母轉送給黛玉兩小瓶。足見對她鍾愛之深。

寶釵和寶玉的舅媽壽誕，榮府前往祝賀的中有「賈家四個姊妹」。這時已將林黛玉視為賈家的人，落實上文王熙鳳說的「竟是個嫡親孫女」的話。這種前呼後應的寫法，常見於此書。

庚辰本第三十五回：

> 賈母道：「提起姊妹，不是我當着姨太太的面奉承。千真萬真，從我們家四個女孩兒算起，全不如寶丫頭。」……寶玉勾着賈母原為讚林黛玉的；不想反讚起寶釵來，……⓫

可見第二十五回「並賈家四個姊妹」，是包含林黛玉在內。作「四個」是對的，全抄本改為「幾個」欠妥。

庚辰本第二十五回：

---

❿ 庚辰本，頁五一八。全抄本二十五回頁一乙面。

⓫ 庚辰本，頁七四〇。

鳳姐笑道：「……你既吃了我們家的茶，怎麼還不給我們家作媳婦？」眾人聽了，一齊都笑起來。林黛玉紅了臉，……鳳姐笑道：「你別作夢。你替我們家作了媳婦，少什麼？」指寶玉道：「你瞧瞧，人物兒，門第配不上？根基配不上？家私配不上？那一點還玷辱了誰呢。」

鳳姐是最了解賈母心事的人。她知道賈母把黛玉預定為寶玉婚配的對象，只因寶玉命中註定不能早婚，所以未明言。其次是後來的薛寶釵和平穩重，和黛玉同樣是才貌雙全，更使她老太君難以抉擇。此時鳳姐仍相信賈母的初衷未改，所以借送茶說出來。第五十四回：「林黛玉稟氣柔弱，不禁礶礟之聲。賈母便摟他在懷中。」可見未改其鍾愛。

三、賈妃的暗示

庚辰本第十七至十八回：

賈妃見寶、林二人亦發比別姊妹不同，真是姣花軟玉一般。……

賈妃看畢，稱賞一番。又笑道：「終是薛、林二妹之作與眾不同。非愚姊妹可同列者。」⓬

⓬ 庚辰本，頁三六一。

元春接見薛寶釵和林黛玉，見兩人容貌體態，形容為「姣花」、「軟玉」一般，是不分高低。接著評薛、林的詩作，也未言等第。作者寫二姝的秀外及慧中，也透露賈妃的修養和學識，一筆三寫，此又是一例。

甲戌本第二十八回：

襲人又道：「昨兒貴妃差了夏太監出來，送了……」說着命小丫頭來，將昨日所賜之物取了出來。只見……紅麝香珠二串，……

襲人道：「……你的同寶姑娘的一樣。林姑娘同二姑娘、三姑娘、四姑娘，只單有扇，同數珠兒。」……

寶玉聽了笑道：「……怎麼林姑娘的到（倒）不同我的一樣，到（倒）是寶姐姐的同我一樣；別是傳錯了罷？」

襲人道：「昨兒拿出來都是一分一分的寫着籤子，怎麼就錯了。你的是在老太太屋裏。來着我去拿了來了。……」⓭

賈妃與寶玉，除了是同胞姐弟外，還是師生。歸省見到寶玉的詩作聯題俱佳，人也長高了許多。回宮欣慰之餘，從端午節禮上，向賈母暗示自己對寶玉擇配的微意，將兩串紅麝香珠送給寶

⓭ 甲戌本，卷二八，頁一七甲面至乙面。

玉和寶釵各一；與送迎、探、惜、黛玉有異。故將禮物送到賈母的屋內，請賈母過目。她不能形諸言語或文字；否則就是對祖母不敬。只巧妙地用紅串珠代替月老的紅線。精明的賈母當然會了解。賈母仍有所待而沈默以對，即時下所謂「冷處理」。

四、林黛玉有苦難言

庚辰本第三十二回：

原來林黛玉知道史湘雲在這裏，寶玉又趕來，一定說麒麟的原故。因此心下忖度着，近日寶玉弄來的外傳野史，多半才子佳人都因小巧玩物上撮合。……今忽見寶玉亦有麒麟，便恐由此生隙，同史湘雲也做出那些風流佳事來。因而悄悄走來，見機行事。……所喜者，果然自己眼力不錯，素日認他（寶玉）是個知己；果然是個知己。……既有金玉之論，亦該你我有之，則又何必來一寶釵哉。所悲者，父母早逝，雖有銘心刻骨之言，無人為我主張。況近日每覺神思恍惚，病已漸成。醫者更云氣弱血虧，恐致勞怯之症。你我雖為知己，但恐自（己）不能久待；你縱為知己，奈我薄命何！⓮

⓮ 庚辰本，頁六八五至六八六。

這一段黛玉心裡的話，道出了她的苦惱。一是沒有為她婚姻作主的父母。二是身體怯弱。三是不放心「金玉姻緣」，以致精神耗弱，擔心「不能久待」。

聰明如黛玉，竟不知寶玉砸玉的用意，在破除她的心源之礙。也沒有想到史湘雲幼失父母，其叔嬸當然會替她的婚姻作主。推之於己，外祖母是必然的主婚人，王熙鳳送茶所為何來。真是「不見廬山真面目，只緣身在此山中」。奈其心病何。本回上文襲人對湘雲說：「他（黛玉）可不作呢。饒這麼着，老太太還怕他勞碌着了。大夫又說，好生靜養纔好，誰還煩他做（針線）。舊年好一年的工夫，做了個香袋兒，今年半年還沒見拿針線呢。」可見賈母仍希望黛玉的健康好轉，以遂其初願。

五、薛寶琴雪下折梅

庚辰本第四十九回：

寶玉……向襲人、麝月、晴雯等笑道……更奇在你們成日家只說寶（釵）姐姐是絕色的人物。你們如今瞧瞧他這妹子（寶琴）……我竟形容不出了。……襲人笑道：「他們說薛大姑娘的妹妹更好。三姑娘看着怎麼樣？」探春道：「果然的話。據我看，連他姐姐，並這些人總不及他。」……探春道：「老太太一見了，喜歡的無可不可。已經逼着太太認了乾女兒了；老太太要養活，纔剛已經定了。」……果然，王夫人已認了寶琴作乾女兒。賈母歡喜非常，……跟着賈母一處安寢。⓯

庚辰本第五十回：

賈母因又說及寶琴雪下折梅，比畫兒上還好。因又細問他的年庚八字，并家內景況。薛姨媽度其意思大約是要與寶玉求配。薛姨媽心中固也遂意，只是已許過梅家了；因賈母尚未明說，自己也不好擬定。遂半吐半露告賈母道：「可惜這孩子沒福，前年他父親就沒了。他從小兒見的世面倒多，跟他父母四山五岳都走遍了。……那年在這裏，把他許了梅翰林的兒子。」……

賈母……聽見已有了人家，也就不提了。⓰

賈母初見薛寶琴，便最中意她，留之在賈母院同寢處。再向薛姨媽打探其年齡八字及家中情形。薛姨媽、王熙鳳都曉得她是要為寶玉求配。可見此前她尚未確定寶玉的婚配對象是黛玉或寶

⓯ 庚辰本，頁一〇五六至一〇五九。

⓰ 庚辰本，頁一〇九八至一〇九九。

釵。賈妃紅麝串的暗示，對賈母不起作用。

黛玉的體弱常病，寶釵的素淨過甚，是賈母猶豫未定的主要因素。

六、瀟湘館薛母話姻緣

庚辰本第五十七回：

黛玉忙讓寶釵坐了，因向寶釵道：「天下的事真是人想不到的。怎麼想的到姨媽和大舅母又作一門親家。」

薛姨媽道：「我的兒，你們女孩家那裏知道，自古道『千里姻緣一線牽。』管姻緣的有一位月下老人，預先註定；暗裏只用一根紅絲，把這兩個人的脚絆住。憑你兩家隔着海，隔着國，有世仇的也終久有機會作了夫婦。這一件事都是出人意料之外。憑父母、本人都願意了，或是年年在一處的，以為是定了的親事；若月下老人不用紅線栓的，再不能到一處。比如你姐妹兩個（寶釵、黛玉）的婚姻，此刻也不知在眼前，也不知在山南海北呢。」……

薛姨媽……道：「……我想着你寶兄弟，老太太那樣疼他，他又生的那樣，若要外頭說去，斷不中意；不如竟把你林妹妹定與他，豈不四角俱全。」……

紫鵑忙也跑來，笑道：「姨太太既有這主意，為什麼不和太太說去？」……

婆子們因也笑道：「姨太太雖是頑話，却到也不差呢。……」⑰

紫鵑和瀟湘館的婆子們，順勢促請薛姨媽去向賈母、王夫人媒合寶玉與黛玉的姻緣。她們也知道，賈母必然是寶玉婚姻的主導者，故請薛姨媽去說合。但不知，薛姨媽是不能向賈母先提出的。婚禮規定，男家派媒人先去女家「下達」，表達提親之意。賈母是黛玉母親的母親，是女方的家長。她未請薛姨媽做媒，則薛姨媽便不能替黛玉求親。薛姨媽替其侄作主，先央請賈母找人為媒，去向邢家說求岫烟為侄媳，是合乎六禮的程序。

賈母又是寶玉的家長，如果她請薛姨媽做媒，薛姨媽無法推辭，且樂得當此媒人，以還賈母的人情。

賈母身兼寶玉、黛玉的家長，只要她老太太一開口，薛姨媽是媒人的第一人選。

庚辰本第五十五回：

鳳姐兒笑道：「……寶玉和林妹妹，他兩個一娶一嫁，可以使不着官中的錢；老太太自有梯己拿出來。」⑱

---

⑰ 庚辰本，頁一二七八至一二八二。

⑱ 庚辰本，頁一二二三。

最了解賈母心事的，莫過於王熙鳳。此時她已知賈母會準備好將來二玉成婚的錢。則賈母對黛玉的疼愛絲毫不減。

庚辰本第四十五回：

黛玉（對寶釵）道：「不中用。我知道我這病是不能好的了。且別說病；只論好的日子，我是怎麼形影就可知了。」……

……

黛玉嘆道：「生死有命，富貴在天。也不是人力可強的。今年比往年反覺又重了些似的。」

只見寶玉頭上帶着大箬笠，身上披着簑衣。黛玉不覺笑了，「那裏來的漁翁。」……

黛玉笑道：「我不要他（它）。帶上那個，成了畫兒上畫的、和戲上扮的漁婆了。」及說了出來，方想起話未忖度，與方纔說寶玉的話相連。後悔不及，羞的臉飛紅。便伏在桌上，嗽個不住。

脂硯齋批：

妙極之文。使黛玉自己直說出夫妻來，卻又云畫的、扮的。本是閒談，卻暗隱不吉之兆。所謂「畫兒中愛寵」是也。⑲

---

⑲ 庚辰本，頁九七三至九八〇。

漁翁、漁婆是夫妻。黛玉不要穿戴簑衣篛笠；怕成為畫中、戲中的漁婆，是虛無的、是假相。所以脂批「不吉之兆」。賈母對黛玉的期待，必將失望，也是「畫兒中愛寵」啊。「奈我薄命何！」林黛玉似乎清楚自己將早夭。

林薛食蟹詩析評

繼探春開「海棠社」之後，史湘雲開「菊花社」，請賈母等在大觀園內吃螃蟹，賞菊花。詩社中的五大詩人品酒嚐螯之間，作菊花詩。林黛玉的三首囊括了前三名。賈寶玉乘興另作了一首食蟹詩以自嘲。黛玉、寶釵立即和之。

庚辰本第三十八回：

黛玉聽了，並不答言，也不思索，提起筆來一揮，已有了一首。衆人看道：

鐵甲長戈死未忘，
堆盤色相喜先嚐。
螯封嫩玉雙雙滿，
殼凸紅脂塊塊香。
多肉更憐卿八足，
助情誰勸我千觴？
對斟❶佳品酬佳節，

❶ 斟，己卯本、有正本同。甲辰本作斯，全抄本同。

桂拂清風菊帶霜。❷

試析評如次：

首兩句言蟹已蒸熟，猶肢螯軀殼完整。滿盛在盤中，形體顏色引人先嚐為快。寫熟蟹色相之美且新鮮。

頷聯寫蟹二螯壯大而肉質嫩白豐滿。剝開蟹身凸起的背殼，蟹黃呈一朱紅色塊狀，散發出香氣。

腹聯寫蟹臍部肉多，我更喜其八隻腳的肉嫩。誰助我興勸我暢飲千杯酒？

尾兩句寫重陽節近，面對這當令美蟹，與我獻酬的，是清風中的桂花香和白菊。

林黛玉這首食蟹詩的確寫得很好。先從見整體色相令人先嚐為快寫起，再由外而內，而酒而樂，結以香色場景，以托出秋八月食蟹之趣。

此詩筆者以為暗含取笑薛寶釵的豐澤體態和肌膚雪白。

寶玉一見便立即「喝彩」，真是為了取悅林妹妹而助攻寶姐姐。竟忘了不久前，看著寶釵「雪白一段酥臂，不覺動了羨慕之心」。「比林黛玉另具一種嫵媚風流，不覺就獃了」。❸

❷ 庚辰本，頁八二二。
❸ 庚辰本，頁六一〇。

黛玉聽見寶玉喝采，便一把撕了，叫人去燒掉。其實寶釵已見了。黛玉如無此弦外之音，便不會立刻銷毀它。

同回：

薛寶釵接着笑道：「我也勉強（作了）一首，未必好。寫出來，大家取笑兒罷。」……寫道是：

桂靄桐陰坐舉觴，
長安涎口盼重陽。
眼前道路無經緯，
皮裏春秋空黑黃。
酒未敵腥還用菊，
性防積冷定需薑。
于今落釜成何益？
月浦空餘禾黍香。

衆人看畢，都說這是食螃蟹絕唱。這些小題目，原要寓大意才算是大才；只是諷刺世人太毒了些。❹

❹ 庚辰本，頁八二三。

這是薛寶釵對黛玉詩的反應。寓的大意，是指責那些橫行霸道、目無禮法；言論表面平允，內藏褒貶之人。

薛詩與林詩一樣含有弦外之音，以回諷黛玉的缺失。兩首都缺「大意」。

黛玉幼年入榮國府，與寶玉住在賈母院，朝夕與共，游息連袂；兩人之間，頗不別男女的細節。如黛玉替寶玉戴上斗笠。黛玉午睡，寶玉入其臥室推她醒來；歪在黛玉床上，黛玉以手撫寶玉臉上沾的胭脂膏點，替他揩拭乾淨。寶玉拉住黛玉的袖子聞其香。此時一片天真在玉壺，但在旁人眼裡是違背禮儀的。

年齡漸長，林黛玉是個痴情於所情的人（情情）。寶玉臉上被賈環推倒蠟燭的油燙傷。一向有潔癖的黛玉去看他，「強搬着脖子瞧了一瞧」，忘記了「男女授受不親」。

> 林黛玉聽見寶玉奚落寶釵，心中着實得意，才要搭言也趁勢兒取個笑，……寶玉笑道：「姐姐通今博古，色色都知道。怎麼這一齣戲的名字也不知道，就說了這麼一串子。這叫《負荊請罪》。」寶釵笑道：「原來叫作《負荊請罪》。你們通今博古，才知道『負荊請罪』，我不知道什麼是『負荊請罪』。」……寶玉、林黛玉二人心裏有病，聽了這話早把臉羞紅了。❺（『負荊請罪』雙關）

❺ 庚辰本，頁六四五至六四六。

引文雖未見黛玉取笑寶釵的內容，從「趁勢兒」推測，應也是譏諷薛寶釵體豐怕熱之類的話，比寶玉的話含蓄，屬「皮裏春秋」一流手法。

庚辰本第二十九回：

探春笑道：「寶姐姐有心，不管什麼他都記得。」

林黛玉冷笑道：「他在別的上還有限；惟有這些人帶的東西上，越發留心。」❻

第二十三回中，林黛玉說出寶玉能過目成誦，黛玉自己能一目十行。她怎麼知道薛寶釵的記憶力不及她？這是「皮裏春秋空黑黃」的顯例。薛寶釵的學問，連賈政都稱讚。在探春理家時，寶釵和探春「對講學問」，探春稱譽她為「通人」，同時展現出她過人的記憶力。史湘雲要去查「梧」字，寶釵立刻說出其意義，讓記憶力不下黛玉的湘雲折服。

薛寶釵以為針黹纔是她的本分，詩詞是餘事。她嚴整自律，和平而穩重，寶玉不敢犯她。賈妃命她們及寶玉等作詩。寶釵因見寶玉用了賈妃不喜的「香」、「玉」字（因太俗），提醒他用唐錢珝的「綠蠟」（雅）以代替。黛玉瞧見寶玉只差一首未作，則「早已吟成一律，便寫在紙條上，搓成個團子，擲在他跟前」。這是禮法所不許的。應視為「眼前道路無經緯」。

怡紅院的丫頭正睡午覺，寶釵來至房中。寶玉已睡著了，襲人坐在其旁做針線。襲人要寶釵

❻ 庚辰本，頁六二六。

「略坐一坐，我出去走走就來」。說著便走了。寶釵「因又見那活計實在可愛，不由的拿起針來，替他（襲人）代刺（繡）」。此時黛玉和湘雲來至，窺見了這個景兒，招手叫湘雲看。湘雲見了掩口拉了黛玉走開去找襲人。「林黛玉心下明白，冷笑了兩聲，只得隨他走了。」薛寶釵精於女紅，一時技癢，不料引起了黛玉的誤會。「冷笑了兩聲」，應是「皮裏春秋空黑黃」無言的批評。

薛寶釵此詩，試譯如次：

首兩句要互易次第，詩意較順。

京城的人們盼望著吃肥蟹的重陽節快到了，坐在桂花香氛的桐蔭下持螯飲酒。

頷聯：

想螃蟹活著的時候，不依正道而斜行橫走；腹中黃脂黑膏，空自區隔，色彩分明。

腹聯：

蟹肉的腥味重，單飲酒不能去掉，還要喝菊花茶纔能清除。

蟹肉性寒，吃了會積在體內，要澆些薑汁在其上，吃了可發散其冷。

末兩句：

現在已蒸熟了的螃蟹，對牠本身來說，有什麼好處？

月色下的水邊，徒然剩存著禾黍成熟的香氣了。「月浦」是螃蟹和禾黍生長的地方。

人們因螃蟹的「奉獻」，得享口福；對螃蟹而言，是一種「施捨」，是「六度」之一。這就是

「益」。留此一問，發人省思。

林黛玉在菊花詩會中奪魁。薛寶釵的螃蟹詩作，眾詩友譽為「食螃蟹絕唱」，扳回一城。作者有意讓兩人不分高下，所以將兩人同在一畫中，合用一判詞。寶釵如牡丹花，黛玉如芙蓉花；環肥燕瘦，其美則一。林略似李，薛稍近杜。

曹雪芹為此回訂定的回目是：「林瀟湘魁奪菊花詩，薛蘅蕪諷和螃蟹詠。」筆者本文是證成其「諷」字為主，兼及析評語譯。

鬼臉青與鬼胎青

劉姥姥遊大觀園，賈母帶她們到櫳翠庵喝茶。妙玉示意寶釵、黛玉跟她走。寶玉悄然跟來吃「梯己」茶。其中有個異文，試抒管見。

庚辰本第四十一回：

妙玉冷笑道：「……這是五年前，我在玄墓蟠香寺住着，收的梅花上的雪，共得了那一鬼胎青的花甕一甕。總捨不得吃，埋在地下。今年夏天纔開了，我只吃過一回；這是第二回了。……」❶

蒙府本「鬼胎青」作「鬼臉青」，有正本、戚寧本、甲辰本、列藏本同。❷筆者蠡測，庚辰本作鬼「胎」青是作者原文；蒙府等本作鬼「臉」青，都是抄手誤認。

初生嬰兒的屁股上，常見的一塊直徑約三、四公分大小，呈類圓形的青色斑；長大些便會消失。這塊青斑，俗稱之為「鬼胎青」。傳說在嬰兒將出生時，鬼在其屁股上輕踢一腳，利其快離母

---

❶ 庚辰本，頁八八二。

❷《脂硯齋重評石頭記彙校》，頁二一一八四。文化藝術出版社，北京。

體。所以嬰兒屄上出現瘀青。這個花甕，筆者認為是宋瓷。可知妙玉出身不凡。

這個盛雪的花甕，大約甕表的底色是燒成如人身的淡瘀青色；上面的花是呈什麼色彩，則不能推知。

妙玉請品梅花雪茶探微

庚辰本第四十一回：

那妙玉便把寶釵和黛玉的衣襟一拉，二人隨他出去。寶玉悄悄的隨後跟了來。只見妙玉讓他二人在耳房內；寶釵坐在榻上，黛玉便坐在妙玉的蒲團上。妙玉自向風爐上煽滾了水，另泡一壺茶。寶玉便走進來，笑道：「偏你們吃梯己茶。」……又見妙玉另拿出兩隻杯來。一個旁邊有一耳，杯上鐫着「𤓰瓟斝」三個隸字，後有一行小真字（楷書），是「晉王愷珍玩」；又有「宋元豐五年四月眉山蘇軾見于秘府」一行小字。

妙玉便斟了一斝遞與寶釵。

那一隻形似鉢而小，也有三個垂珠篆字，鐫着「杏犀䀉」。妙玉斟了一䀉與黛玉。仍將前番自己常日吃茶的那隻綠玉斗來，斟與寶玉。寶玉笑道：「常言世法平等。他兩個就用那樣古玩奇珍；我就是個俗器了。」……

妙玉……遂又尋出一隻九曲十環一百二十節蟠虬整雕竹根的一個大𥫗出來，……妙玉笑道：「你雖吃的了，也沒這些茶蹧蹋。……」……

妙玉執壺只向盒內斟了約有一杯。寶玉細細吃了，果然輕浮無比，賞讚不絕。妙玉正色道：「你這遭吃的茶，是托他兩個的福。獨你來了，我是不給你吃的。」寶玉笑道：「我深知道的。我也不領你的情；只謝他二人便是了。」❶

賈母帶了劉姥姥遊大觀園，到櫳翠庵歇腳。在庵內修行的妙玉，以茶接待之餘，另請薛寶釵、林黛玉在耳房內，品嚐五年前所收藏的梅花上積雪現泡的茶；賈寶玉跟來沾了光。其中薛、林的隨意坐的席位，三人用的茶杯不同，隱含有深一層的意思。這段文字是表裡雙寫，和一筆數寫典型的例子。

一、席位

寶釵入耳房，坐在家居日常用的榻上。黛玉便坐在妙玉打坐的蒲團上。這是妙玉的禪房，其中只有這兩個座位。故寶玉進來後，不見所坐。妙玉忙於燒開水泡茶，分遞茶杯，沒時間坐，也不需要坐。寶玉應是站著。

榻是固定的家具，蒲團是可挪動的坐墊。寶釵坐榻，隱意是她相對於黛玉，是長居於賈府。

---

❶ 庚辰本，頁八八〇至八八二。

黛玉坐蒲團，相對於寶釵，是短暫的在賈府，而且是「小姑獨處」如出家人。

二、茶杯

𤓰瓟斝是將斝形模套在幼瓠上，待其長後製成的杯子。斝本古代的酒器，略似瓠之上小下大，一耳，三足。

斝音同賈。暗示寶釵後與賈寶玉成為連理，瓜瓞綿綿。

杏犀䀉，質為犀牛角，形似鉢而小。上面刻了三個垂珠篆字。垂珠篆字有兩種解讀。如果標點是「垂珠」篆字，則義與「垂露」篆字無別。即收筆時頓而後回鋒，狀似小指尖端。

另有一種解讀為「垂珠篆」字。即線條好似一串珠和一條噴射雲的混合體。筆者曾見同窗友某婚禮堂上，懸掛先師如皋宗孝忱先生賜的喜聯，運筆即「垂珠篆」。先生以小篆蜚聲海內外，其書多見「玉筯篆」，如所賜筆者書齋聯者是。「垂珠篆」此為僅見。

杏犀音同幸稀，意為好運薄短。鉢與蒲團皆僧尼常用物。題杏犀䀉用垂珠篆，暗藏珠淚連綿。應了她自己說的「薄命」（得年十七），「質本潔來還潔去」，此生只為還眼淚。

妙玉竟將自己日常用的茶杯綠玉斗給寶玉喝茶，妙玉對寶玉的心意，超過對林、薛顯然浮現。但寶玉不知道是妙玉的，否則便不會認作俗器了。這卻是暗藏另一層深意。綠玉即黛玉的象徵。

寶玉誤為俗器，遂易以竹根雕杯。喝完茶，妙玉對寶玉說，茶是請薛、林二位吃的；你是托她兩位的福纔吃到。這豈不是「此地無銀三百兩」。明透露了妙玉本是要請寶玉來品「梯己茶」，但不能直說。她知道把林、薛請來，寶玉必定跟進來。達到她好茶與心中人分享的雅興。她用「蟠虬」的方法，所以將「蟠虬」的竹根盒給寶玉品茶。

作者用很簡潔的筆法，將林黛玉、薛寶釵的姻緣，妙玉深藏心底的情思，寶玉急智的口才帶出，猶畫家的和雲托月法，這種寫小說的技巧，令人嘆為觀止。

且看在耳房內，寶釵穩重無言。

黛玉率真地問「這也是舊年的雨水？」

妙玉冷笑道：「你這麼個人，竟是大俗人，連水也嚐不出來。……」

黛玉是客人，妙玉應直說是「收的梅花上的雪」水，何至冷笑，竟以「大俗人」加諸黛玉。茶賈、茶精，皆能品出用何等的水泡的茶，但未必都雅。誠如脂硯齋評妙玉：

> 亦怪譎、孤僻甚矣！實有此等人物，但罕耳。❷

這是雙寫黛玉和妙玉的性情、修養。接著寫寶玉求賜劉姥姥用過的成窰杯，妙玉答應了；又寫寶玉要叫小么兒抬水來洗地，妙玉笑允。既寫寶玉，也寫妙玉，也帶出寶釵的「事不關己不開

❷ 庚辰本，頁八八二。

口」，一筆請茶生四花，朵朵珍異。（性格、奇杯、機智、禮數）

妙玉亦出身官宦人家，能藏有宋宮御玩，其先人品位應不在賈府公爵之下，故敢對寶玉說：「這是俗器？只怕你家裏，未必找的出這麼一個俗器（綠玉斗）來呢！」❸

❸ 庚辰本，頁八八一。

賈寶玉的學名試探

《紅樓夢》男主角賈寶玉，他的學名始終沒有出現。「寶玉」是他的小名，居然用在應制詩、應用文上，還真是「荒唐」。他的學名或譜名，應該和其兄弟行一般，是從玉的單名。茲試探如後。

甲戌本第二回：

只剩了次子賈敬襲了官，……幸而早年留下一子，名喚賈珍。……❶

政老爹的……公子，名喚賈珠，十四歲進學。……不想次年（後來）❷又生了一位公子。

說來更奇，一落胞胎，嘴裏便啣下一塊五彩晶瑩的玉，……就取名叫作「寶玉」。❸

同回：

❶ 甲戌本，卷二，頁七乙面。

❷ 甲戌本，卷二，頁八甲面。

❸ 甲戌本，卷二，頁八乙面。

若問那赦公，也有二子，長名賈璉，……❹

庚辰本第二十回：

賈環也過來頑。❺

甲戌本第三回：

亦曾聽母親常說，這位哥哥比我大一歲，小名就喚「寶玉」。❻

可見寶玉的胞兄單名「珠」；賈環是其同父異母弟；「寶玉」是他的小名。其堂兄弟，宗族兄弟都是單名，且以「玉」作偏旁。如：

甲戌本第十三回：

彼時……賈琮、賈㻞、賈珩、賈珖、賈琛、賈瓊、賈璘、……都來了。❼

❹ 甲戌本，卷二，頁一三甲面。
❺ 庚辰本，頁四一二。
❻ 甲戌本，卷三，頁一〇乙面至一一甲面。
❼ 甲戌本，卷十三，頁四乙面。

賈寶玉不可能例外是以雙名作學名。但他本人署名仍然是雙名。

庚辰本第十七至十八回：

有鳳來儀……

臣寶玉謹題❽

庚辰本第六十三回：

寶玉回房，寫了帖子。上面只寫「檻內人寶玉薰沐謹拜」幾字，……❾

庚辰本第七十八回：

維太平不易之元，蓉桂競芳之月，無可奈何之日，怡紅院濁玉景（謹）以羣花之蕊，……

乃致祭于……芙蓉女兒之前曰……❿

居然應制詩及應用文簽署用小名。都很巧妙地避開了他的學名，引起筆者讓這個學名曝光的

❽ 庚辰本，頁三六四。
❾ 庚辰本，頁一四二〇。
❿ 庚辰本，頁一八二九。

好奇與探索。

《韓非子・和氏》：

楚人和氏……曰……悲夫寶玉而題之以石。……（楚文）王乃使玉人理其璞而得寶焉。遂命曰：「和氏之璧」。⓫

原來，寶、玉、璧三字意義相同。無怪乎薛寶釵稱呼賈寶玉為「寶兄弟」。

康熙二十三年未刊本《江寧府志・曹璽傳》：（附書影）

曹璽，字完璧，宋樞密武惠王裔也。及王父寶，宦瀋陽，遂家焉。父振彥，……公承其家學，……陞內工部。康熙二年：特簡督理江寧織造。⓬

康熙六十年刊《上元縣志・曹璽傳》：（附書影）

丁巳、戊午（康熙十六、十七年）兩年陛見，陳江南吏治，備極詳剴，賜蟒服，加正一品。……子寅，字子清，……孫顒，字孚若。嗣任，……仲孫頫，復繼織造使。⓭

⓫ 陳奇猷《韓非子集釋》，頁二三八。華正書局，臺北。

⓬ 馮其庸《曹雪芹家世新考》，頁九四。上海古籍出版社，上海。

⓭ 馮其庸《曹雪芹家世新考》，頁九六。同右。

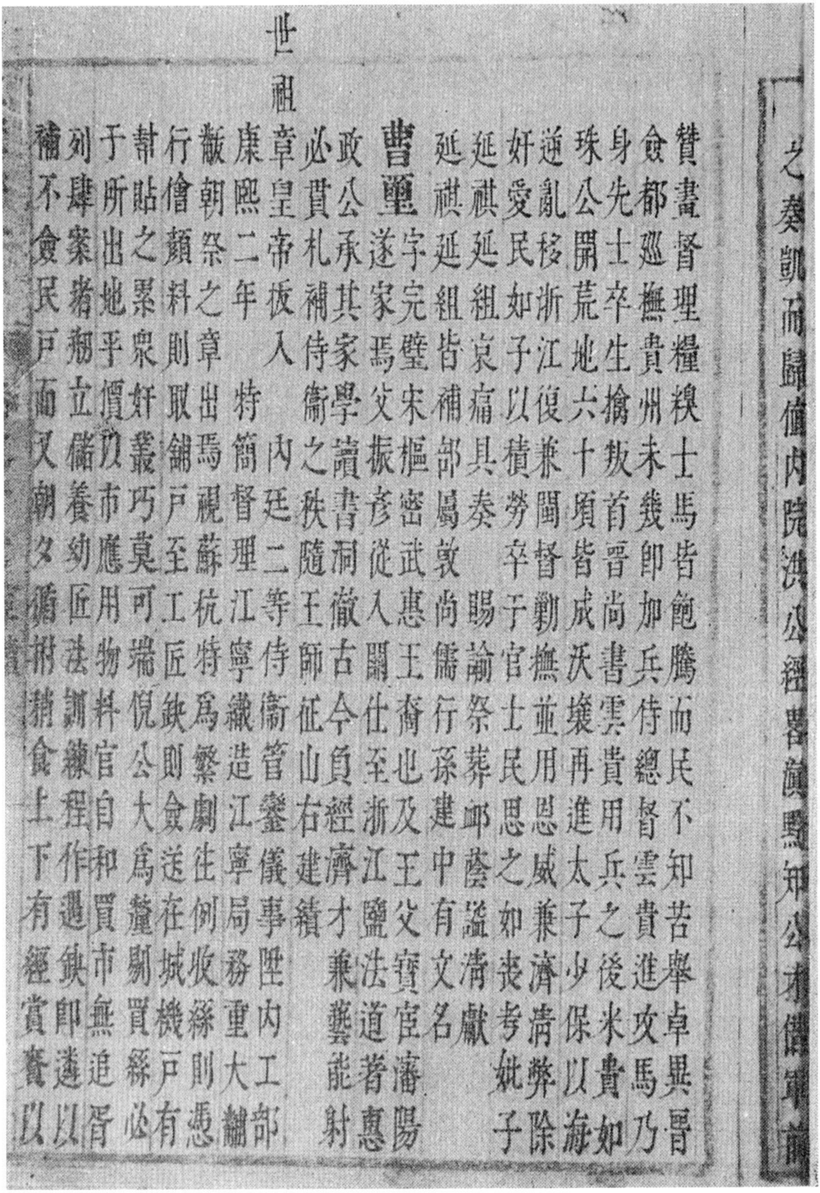

之奏凱而歸值內院洪公經略題知公才借軍前
贊畫督理糧糗士馬皆飽騰而民不知苦舉卓異晉
僉都巡撫貴州未幾即加兵侍總督雲貴進攻馬乃
身先士卒生擒拔首晉尚書雲貴用兵之後米貴如
珠公開荒地六十餘頃皆成沃壤再進太子少保以海
逆亂移浙江復兼闔督撫並用恩威兼濟清弊除
好愛民如子以積勞卒于官士民思之如喪考妣子
延祺延祖哀痛具奏賜諭祭葬廕謚清獻
延祺延祖皆補部屬敦尚儒行孫建中有文名
曹璽字完璧宋樞密武惠王彬裔也及王父寶宦瀋陽
政公承遂家焉父振彥從入關仕至浙江鹽法道著惠
必貫公札補其家學讀書洞徹古今負經濟才兼藝能射
世祖章皇帝拔入侍衛之秩隨王師征山右建績
內廷二等侍衛管鑾儀事陞內工部
康熙二年特簡督理江寧織造江寧局務重大紬
緞朝祭之章出焉視蘇杭特為繁劇往例收絲則憑
行儈顛料則取鋪戶至工匠鉄則僉送在城機戶有
帮貼之累衆奸叢巧莫可端倪公大為釐剔買絲必
于所出地平價以市應用物料官自和買市無追胥
列肆案牘鄉立儲養幼匠法訓練程作遇缺即遴以
補不僉民戶而又朝夕循拊捐貲食土下有經賞賚以

康熙二十三年未刊稿本《江寧府志・曹璽傳》

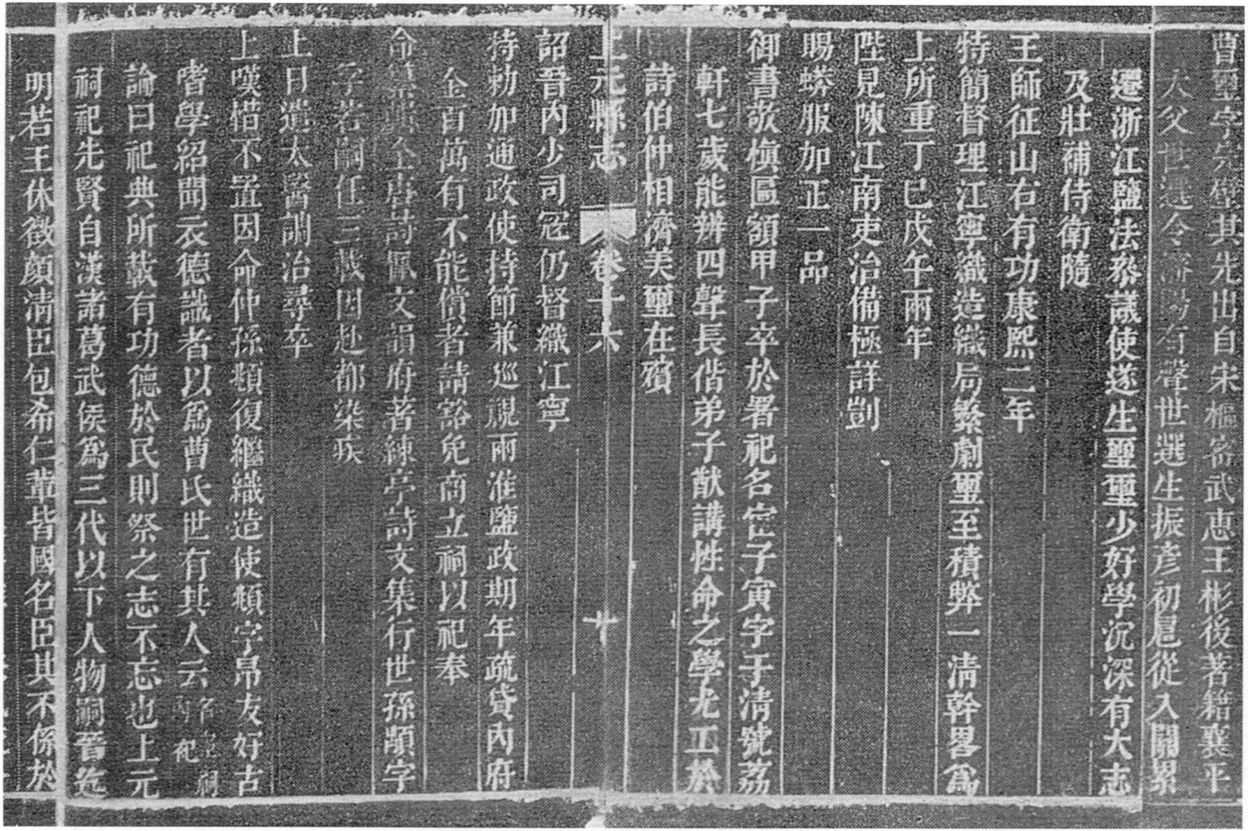

上元縣志 卷十六 十七

曹璽字完璧其先出自宋樞密武惠王彬後著籍襄平
大父世選令瀋陽有聲世選生振彦初扈從入關累
遷浙江鹽法務議使遂生璽璽少好學沉深有大志
及壯補侍衛隨
王師征山右有功康熙二年
特簡督理江寧織造織局繁劇璽至積弊一清幹略爲
上所重丁巳戊午兩年
陛見陳江南吏治備極詳剴
賜蟒服加正一品
御書敬慎匾額甲子卒於署祀名宦子寅字子清號荔
軒七歲能辨四聲長偕弟子猷講性命之學尤工於
詩伯仲相濟美璽在殯
詔晉內少司空仍督織江寧
特勅加通政使持節兼巡視兩淮鹽政期年疏貸內府
金百萬有不能償者請豁免商立祠以祀奉
命纂輯全唐詩佩文韻府著練亭詩文集行世孫顒字
孚若嗣任三載因赴都染疾
上日遣太醫調治尋卒
上嘆惜不置因命仲孫頫復繼織造使頫字昂友好古
嗜學紹聞衣德識者以爲曹氏世有其人云名宦祠祀
論曰祀典所載有功德於民則祭之志不忘也上元
祠祀先賢自漢諸葛武侯爲三代以下人物嗣晉迄
明若王休徵顏清臣包希仁輩皆國名臣其不係於

康熙六十年刊《上元縣志・曹璽傳》

從曹璽開始，祖孫三代四人任江寧織造使。筆者嘗以為《紅樓夢》中的賈政，相當於史上的曹寅[14]；賈寶玉相當於曹頫一輩。

賈寶玉的親兄名珠。《說文解字》：「珠，蚌中陰精也。從玉，朱聲。……」[15]其弟名環。《說文解字》：「環，璧肉好若一謂之環。從玉，睘聲。」段玉裁注：「古祇用還。」[16]「鄭注經解曰：環取其無窮止。」

常用的珠，中間穿孔以便絲綸貫繫；其孔頗小。環則孔和邊相等；依《說文》，環也是璧一類，唯孔大於璧。中央一孔（好）的直徑，等於其邊玉質（肉）的寬曰環。中孔（好）的直徑，是其邊玉質（肉）寬的二分之一曰璧。

賈寶玉的學名，當是「璧」字。可能取義於「珠聯璧合」，上承其兄。

《說文解字》：「璧，瑞玉圜也。從玉，辟聲。」段注引〈釋器〉肉倍好謂之璧。段釋：「邊大孔小也。」[17]從比例上看，賈珠的實質最多，寶玉次之，賈環又次之。似乎表示三兄弟才學的高下。

---

[14] 《微觀紅樓夢》，頁三至六。東大圖書公司，臺北。

[15] 《說文解字》，頁一七至一八。藝文印書館影印經韻樓刊本，臺北。

[16] 《說文解字》，頁一二。同右。

[17] 《說文解字》，頁一二。同右。

庚辰本第二十九回：

張道士道：「……又嘆道：我看見哥兒（賈寶玉）的這個形容身段，言談舉動，怎麼就同當日國公爺一個稿子。」……

賈母聽說，也由不得滿臉淚痕，說道：「正是呢。我養這些兒子、孫子，也沒一個像他爺爺的；就只這玉兒像他爺爺。」

「國公爺」指賈母之夫賈代善。相當於上文引〈曹璽傳〉：「曹璽，字完璧」其人。（參看拙著《微觀紅樓夢・兩個重要的謎語》）賈寶玉相當曹璽的孫輩，甚至是其孫子。

庚辰本第二十二回：

黛玉便笑道：寶玉，我問你。至貴者是「寶」，至堅者是「玉」。「你」有何貴？「尔」有何堅？[18]

甲辰本、全抄本「你」、「尔」字，皆作「爾」。以語氣看，作「爾」是；庚辰本的過錄者有誤。

「寶」字同曹璽的祖父曹世選又名。故黛玉問他的「爾有何貴」。「玉」字扣「爾有何堅」。合

---

[18] 庚辰本，頁四六三。

「爾」、「玉」為「璽」字，含曹璽的名字。曹璽字「完璧」。印璽也有「寶」義。

賈家希望這個形貌像祖父的孫子事功亦如之⓳，故小名取為「寶玉」，學名為「璧」。

⓳ 曹璽封一品，見附書影《上元縣志・曹璽傳》。

裕瑞〈後紅樓夢書後〉的啟示

裕瑞《棗窗閒筆》有其〈後紅樓夢書後〉一文，中有些記述對了解《紅樓夢》的成書頗有研究價值。裕瑞是清宗室，生於乾隆三十六年（西元一七七一年）。他的前輩親戚中，有和曹雪芹是朋友。此文有的話是接聞自這些親戚，可靠性很高。茲述論如次。

裕瑞〈後紅樓夢書後〉（節錄）：

> 聞舊有《風月寶鑑》一書，又名《石頭記》，不知為何人之筆。曹雪芹得之，以是書所傳述者，與其家之事跡略同，因借題發揮，將此部刪改至五次，愈出愈奇。乃以近時之人情諺語，夾寫而潤色之，借以抒其寄託。曾見抄本卷額，本本有其叔脂硯齋之批語，引其當年事甚確，易其名曰《紅樓夢》。此書自抄本起至刻續成部，前後三十餘年，恒紙貴京都……聞前輩姻戚有與之交好者，其人身上胖頭廣而色黑，善談吐，風雅游戲，觸境生春。……其先人曾為江寧織造，頗裕，又與平郡王府姻戚往來。……聞其所謂寶玉者，尚係指其叔輩某人，非自己寫照也。所記元、迎、探、惜，隱寓原、應、嘆、息四字，皆諸姑輩也。……余曾於程、高二人未刻《紅樓夢》板之前，見抄本一部，其措辭命意與刻本前八十回

多有不同。抄本中增處、減處、直截處、委婉處，較刻本總當，亦不知其為刪改至第幾次之本？八十回書後，惟有目錄，未有書文；目錄有大觀園抄家諸條，與刻本後四十回「四美釣魚」等目錄迥然不同。……或為初刪之稿乎？……余聞所稱寶玉係雪芹叔輩。❶

秦子忱〈續紅樓夢弁言〉：「丁巳春……公暇過東魯書院，晤鄭藥園山長……曰：『《紅樓夢》已有續刻矣，子其見之乎？』余竊幸其先得我心也。余不禁故志復萌，戲續數卷，以踐前語，……不意新正藥園來郡，見而異之。……嘉慶三年九月中浣，雪塢子忱題於兗郡營署之百甓軒。」❷丁巳為嘉慶二年（西元一七九七年）秦子忱自序寫於嘉慶三年，則此書之成在嘉慶二年春至冬時。藥園鄭師靖〈續紅樓夢序〉：「雪塢秦都閫……未操筆，他氏已有《後紅樓》之刻，事同而旨異，雪塢乃別撰《續紅樓夢》三十卷。」❸則《後紅樓夢》必在嘉慶元年或乾隆末年成書。裕瑞讀後為跋，當在乾嘉交替之際，見到程偉元、高鶚刻本之後。

裕瑞云「與平郡王府姻親往來」，已經周汝昌考證屬實，指曹寅的長女嫁與平郡王訥爾蘇，其子福彭是曹雪芹同時的平郡王。❹

---

❶《紅樓夢卷》，頁一一三至一一四。中國學術名著叢刊，臺北。

❷《紅樓夢卷》，頁四四。同右。

❸《紅樓夢卷》，頁四三。同右。

❹周汝昌《紅樓夢新證》，頁九五至九六。人民文學出版社，北京。

裕瑞在程、高本未刻書前，曾見到《石頭記》抄本一部，共八十回；八十回後只存回目，缺正文。這八十回後的回目中，有「大觀園抄家」一回，而今本在第七十四回。程、高本「四美釣魚」在第八十一回，則抄本大觀園情節在裕瑞所曾見的抄本中應在八十一回，而並無「四美釣魚」情節。今本將抄大觀園提前了七回，增四美釣魚補入提前的空位。

裕瑞所見此抄本和今見甲戌本（過錄本）不同處有：

一、以每本十回計，甲戌本眉批無「脂硯齋」署名者；只有「余批重出。余閱此書，偶有所得即筆錄之，非從首至尾閱過復從首加批者，故偶有復處。且諸公之批自是諸公眼界，脂齋之批，亦有脂齋取樂處。後每一閱必有一語半言重加批評于側，故又有于前後照應之說等批」❺一條，具名在行文中。

二、甲戌本批語引其當年事並不甚確。

三、易其名曰《紅樓夢》，甲戌本指為吳玉峰。

從這幾點異處，可以推知裕瑞所見抄本疑是曹雪芹「初刪之稿」的話可信。吳玉峰也是脂硯齋的化名，即失去寶玉的青埂峰，等於「石頭」的意思。脂硯齋甲戌年重抄成《石頭記》，再加評時把所批的甚確的當年事刪去，「老朽」（畸笏）甚至叫芹溪抽換秦可卿之死的情節。後來過錄的人把脂硯齋本人署名的批也刪去了署名。

---

❺ 甲戌本，卷二，頁二乙面。

裕瑞聽前輩親戚認識曹雪芹的話，曹雪芹的形像和書中的賈寶玉不似，而是其叔輩中一人；脂硯齋也是他的叔輩，元、迎、探、惜是其諸姑輩，隱寓原應嘆息，在甲戌本中得到證實，則「非自己寫照」一語，是特針對當時流傳《紅樓夢》是曹雪芹的自傳說而闢謠。「叔輩」、「姑輩」表示曹雪芹並非脂硯及元春、探春等的親侄，應是堂侄。

「石頭記」和「紅樓夢」皆脂硯齋本人所命。前者意示作者是石頭，追記石頭城自己的往事。後者意示「所歷不過紅樓一夢」；題者化名「吳玉峰」，即無玉之峰是石頭山，表示早年有玉是富貴（寶玉），後來貧困，是失去玉的石頭——脂硯。「吳玉峰」寓「無御封」，脂硯沒有做官之意。

四郡王

《紅樓夢》（前八十回）與賈府有往來，而爵位最高的是四位郡王，分別以方位命名。有兩位姓名出現，另兩位隱去姓名。現在根據已知的，試推出未知的姓名大概。

《紅樓夢》第三回：

座上珠璣昭日月

堂前黼黻煥煙霞

下面一行小字，道是：同鄉世教弟勳襲東安郡王穆蒔拜手書。❶

脂硯齋在對聯正下方特批：

實貼。

在下款夾批：

❶ 甲戌本，卷三，頁九甲面。

先虛陪一筆。❷

這表示對聯是真實的，而對聯的題贈人是虛擬的；真實的書手卻隱去姓名。《紅樓夢》第十四回：

餘者更有南安郡王之孫……第一座是東平王府祭棚，第二座是南安郡王祭棚，第三座是西寧郡王祭棚，第四座是北靜郡王祭棚。……現今北靜王水溶，……❸

《紅樓夢》第七十一回：

因今歲八月初三日，乃賈母八旬之慶，……本日只有北靜王、南安郡王、……南安王太妃、北靜王妃，……❹

可見第三回「東安郡王」是「東平郡王」之誤。《尚書・堯典》：「平秩東作」是其證。四郡王取東平、南安、西寧、北靜之意。

❷ 甲戌本，卷三，頁九甲面。

❸ 甲戌本，卷十四，頁一一甲面至乙面。《脂硯齋重評石頭記彙校》於東平、南安、西寧、北靜四郡王大致無異文，頁六八三。

❹ 庚辰本，頁一五九七。

《說文解字》：「穆，禾也。从禾，㣎聲。」❺「蒔，更別種也。从艸，時聲。」❻又：「溶，水盛也。从水，容聲。」❼

穆蒔二字，一从禾，一从艸，草木同類（禾為草本）。穆木同音，東方於五行屬木，故東平郡王取名穆蒔。水為北方之行，溶為水盛，故北靜王取名水溶。

由北、東二郡王取姓名寓於五行，則可推知南安郡王姓名中為從火之字；西寧郡王姓名中為從金之字。

附：程、高本第一百五回：

賈政正要帶笑敘話，只見家人慌張報道：西平王爺到了。……西平王慢慢的說道：小王奉旨，帶領錦衣府趙全來查看賈赦家產。……主上特派北靜王到這裡宣旨，請爺接去。❽

「西平王」應作「西寧王」，顯然續後四十回者忽略了前八十回原意。

❺《說文解字》，頁四。藝文印書館影印經韻樓刊本，臺北。

❻《說文解字》，頁三三四。同右。

❼《說文解字》，頁五五五。同右。

❽《紅樓夢校注》啟功等校程乙本，頁一七一一至一七一三。里仁書局，臺北。

薛寶琴與邢岫烟李紋李綺

「太虛幻境」的門聯「假作真時真亦假，無為有處有還無」，暗示《紅樓夢》是一部真假穿插，有無間雜的小說。不僅時間互易、空間挪移，情節或人物也虛虛實實，令讀者入迷。脂硯齋在第二回的回前總批就指出：

冷中出熱，無中生有。❶

第二十五回：

欄杆外似有一個人在那裡倚著，卻恨面前有一株海棠花遮著，看不真切。

雙行批：

余所謂此書之妙，皆是從詩詞句中泛出者，……此非「隔花人遠天涯近」乎？可知上幾回，非余妄擬回。❷

❶ 甲戌本，卷二，頁一甲面。

❷ 甲戌本，卷二五，頁一乙面。

此外，又有從畫中幻化而來的。筆者以為薛寶琴和邢岫烟、李紋、李綺的出現，是因小說技巧的需要而虛擬的人物。

《紅樓夢》第四十九回：

原來邢夫人之兄嫂帶了女兒岫烟進京來投邢夫人的。可巧鳳姐之兄王仁也正進京，兩親家一處打幫來了。走至半路泊船時，正遇見李紈之寡嬸帶著兩個女兒，大名李紋，次名李綺，也上京。大家敘起來又是親戚，因此三家一路同行。後有薛蟠之從弟薛蝌，因當年父親在京時已將胞妹薛寶琴許配都中梅翰林之子為婚。正欲進京發嫁，……所以今日會齊了來訪投各人親戚。……大太太的一個姪女兒，寶姑娘一個妹妹，大奶奶兩個妹妹，倒像一把子四根水蔥兒。一語未了，只見探春也笑著進來找寶玉。因說道，偺們的詩杜可興旺了。❸

這是為了寫雪中聯吟而虛添的四個人物，也是另一種「冷中出熱」。

同回：

恰是妙玉門前櫳翠庵中，有十數株紅梅花開的如（三字旁加）胭脂一般，映著雪色分外顯得精神，好不有趣。❹

---

❸ 庚辰本，頁一〇五五至一〇五七。

❹ 庚辰本，頁一〇七〇。

這段寫紅梅綻雪的景，也是下文作詩的題材，和雅靜的詩境。

《紅樓夢》第五十回：

四面粉粧銀砌。忽見寶琴披著鳧靨裘，站在山坡上遙等，身後一個丫嬛抱著一瓶紅梅。……賈母喜的忙笑道，你們瞧這山坡上，配上他的這個人品，又是這件衣裳，後頭又是這梅花，像個什麼？眾人都笑道，就像老太太屋裡掛的仇十洲畫的雙艷圖。❺

薛寶琴這件鳧靨裘披風，就是賈母送的，想必和仇十洲此畫中主角衣服同款同色。由賈母點出其屋中所掛的美女抱紅梅於雪中的畫，彷彿活現在目前。

同回：

賈母因又說及寶琴雪下折梅，比畫兒上還好。……大約是要與寶玉求配。薛姨媽心中固也遂意，……那年在這裡把他許了梅翰林的兒子。❻

以上所引三段，都暗示了薛寶琴和梅翰林的兒子成為夫妻的結局。

薛諧音雪，寶琴一來賈府，即帶來該年第一場大雪居然是在十月，這是特異的現象。（應是十

❺ 庚辰本，頁一〇九六。

❻ 庚辰本，頁一〇九八至一〇九九。

一月始合理）當是作者安排群芳蘆雪广聯句及邢岫烟、李紋、薛寶琴「詠紅梅花」賦得三詩，賈寶玉「訪妙玉乞紅梅」四首七律。如此安排，使詩社作詩和前元春歸省的頌詩、〈葬花吟〉、海棠詩、菊花詩在體裁上有變化；人多添四位，又與後文林黛玉、史湘雲、妙玉中秋夜聯吟不同，在小說的結構產生錯綜變化之妙。以寶琴紅梅比「雙艷圖」，象徵她配梅家公子是相得益彰。實際上是不在柳邊在梅邊的夢幻人物。試問，南京在十月有紅梅開於大雪的天象物候嗎？

《世說新語・假譎》：

> 魏武行役失道，三軍皆渴。乃曰：「前有大梅林，饒子，甘酸，可以解渴。」士卒聞之，口皆水出。乘此得及前源。❼

薛寶琴許配梅翰林之子，應是從這段「假譎」化出來的。

薛寶琴、邢岫烟、李紋、李綺的出現，主要是使聯吟熱鬧，呈現各體詩（後面尚有『姽嫿詩』）皆備，符合美學要求，令文章（小說）變化而不重複。四人各取一字的偏旁，就是「今」、「因」、「文」、「奇」而虛陪的人物。

---

❼《世說新語》楊勇校箋本，頁六三七。樂天出版社，臺北。

十二女伶

《紅樓夢》第十六回：

賈薔又近前回說，下姑蘇割聘教習，採買女孩子，置辦樂器、行頭等事。❶

《紅樓夢》第十八回：

那時賈薔帶領十二個女戲……並十二個花名單子，……問誰是齡官？賈薔便知是賜齡官之物，喜的忙接了，命齡官叩頭。❷（庚辰本第十七十八未分回）

《紅樓夢》第三十回：

只見這女孩子，眉蹙春山，眼顰秋水，面薄腰纖，嫋嫋婷婷，大有林黛玉之態。……畫來畫去還是個「薔」字。……可巧小生寶官，正旦玉官兩個女孩子……❸

❶ 甲戌本，卷十六，頁一二甲面。

❷ 庚辰本，頁三六六至三六七。

❸ 庚辰本，頁六五〇至六五二。

上引三段文字，就是賈府十二女伶的出身，及第一個藝名曝光，形容出類拔萃的齡官。

《紅樓夢》第五十四回：

賈母笑道，叫他們且歌歌。把偺們的女孩子們叫來，就在這台上唱兩齣給他們瞧瞧。……叫芳官唱一齣「尋夢」，……文官笑道，這也使得，……叫葵官唱一齣「惠明下書」，……吩咐文官等，叫他們吹一套「燈月圓」，……❹

可見文官是十二女伶之首，也就是管劇務的人。芳官是扮正旦，葵官是扮花臉。

《紅樓夢》第三十六回：

因聞得梨香院的十二個女孩子中有小旦齡官最是唱得好的，因著意出角門來找他。只見寶官、玉官都在院內。❺

《紅樓夢》第五十八回：

又見各官家，凡養優伶男女者，一概蠲免遣發。尤氏等便議定，待王夫人回家，回明也欲

---

❹ 庚辰本，頁一一九三至一一九五。

❺ 庚辰本，頁七七〇。

遣發那十二個女孩子，……令其教習們自去也罷了。王夫人因說，這些好人家的兒女。……有願意回去的，就帶了信兒，叫上父母來親自領回去，給他們幾兩銀子盤纏方妥當，……若有不願意回去的，就留下。……所願去者止（只）四五人。……不願去者分散在園中使喚。賈母便留下文官自使，將正旦芳官指與寶玉，將小旦蕊官送了寶釵，將小生藕官指與了代玉，將大花面葵官送了湘雲，將小花面荳官送了寶琴，將老外艾官送了探春，尤氏便討了老旦茄官去。❻

留下的文官、芳官、蕊官、藕官、葵官、荳官、艾官、茄官八人；遣回的有齡官、寶官、玉官，還有不知名的一人。

同回：

藕官……含淚說道：「我這事，除了你屋裡的芳官，並寶姑娘的蕊官，並沒第三人知道。……」……芳官笑道，那裡是友誼！他竟是瘋傻的丫頭。說他自己是小生，菂官是小旦，常做夫妻，……雖不做戲，尋常飲食起坐，兩個人竟是你恩我愛。菂官一死，他哭的死去活來。至今不忘，所以每節燒紙。後來補了蕊官，他們一般的溫柔體貼。也曾問他得新棄舊的。他說這又有個大道理。比如男子喪了妻，或有必當續弦者，也必要續弦為是；便只

❻ 庚辰本，頁一二八七至一二八九。

是不把死的丟過不提，便是情深意重了。❼

從芳官這段說明，可推知芳官、藕官、菂官三人，在未入賈府之前，原來就是一個小劇團的成員，其他的小女伶都是賈薔採買而加入的。菂官之死在入賈府之前；否則十二個人同住梨香院，藕官和菂官的同性戀，豈有不知。「後來補了蕊官」、「每節燒紙」的話都解得通了。

遣散十二女伶情節，是一筆數寫。一方面預兆賈府的好戲將散場，「三春去後諸芳盡」。一方面暗示，黛玉死後，寶玉與寶釵成婚，「舉案齊眉」的貧苦生活中，寶玉心中念念不忘「寂寞林」。

《紅樓夢》第六十三回：

芳官忙道我也姓花……寶玉便叫他（芳官）耶律雄奴。……湘雲……已將葵官也扮了個小子……將葵官改了換作大英，因他姓韋，便叫他作韋大英。……荳官身量年紀皆極小，又極鬼靈，故曰荳官……也有喚作炒豆子的。……便換（喚）作荳童。……海西福朗思牙聞有金星玻璃寶石……名為溫都里納。如今將你比作他，就改名喚叫溫都里納可好？芳官聽了更喜……仍番（翻）漢名就喚玻璃。❽

❼ 庚辰本，頁一二九五至一三〇三。

❽ 庚辰本，頁一四一二至一四二四。

芳官的命名，取芳是花的意思，所以她自云姓花；至於番名，法文名有否姓名上的深義？不得而知。

葵官的命名，取向日葵花的意思，葵花最大，故又叫她韋大英。韋音同偉，英即花。

荳官的命名，取豆子很小又圓轉的意思，符合她年齡小又鬼靈。

芳官相貌像賈寶玉。寶玉號「絳洞花王」，所以芳官扮正旦。葵花大，所以葵官扮大花臉。荳官小，故扮小花臉。十二女伶的名字可分三系：

一、荷系：藕官（荷根）、茄官（荷莖）、芳官（荷花）、蕊官（荷實）。

二、形系：葵官（大）、荳官（小）、艾官（老）。

三、意系：寶官、玉官、文官、齡官。

《紅樓夢》第七十七回：

王夫人……又吩咐，上次幾個姑娘分的唱戲女孩子們，一概不許留在園裡，都令其各人乾娘帶出，自行聘嫁。……就有芳官等三個的乾娘走來。……從此芳官跟了水月庵的知（智）通，蓋官、菂官二人跟了地藏庵的圓心，各自出家去了。❾

蓋，庚辰本旁改為「葵」。《脂硯齋重評石頭記》引夢稿本作「蕊」，戚本、甲辰本皆作「蕊」，

❾ 庚辰本，頁一七七七至一七九八。

是。蕊字亦作蕋，與「蓋」形似。葯，戚本、甲辰本皆作「藕」，[10]是。即小生、正旦、小旦同入蓮臺。預示賈寶玉結局是遁入空門，「到頭一夢，萬境歸空」。

朱淡文〈關於齡官〉：「齡官青年咳血，必患肺癆，按當時醫療條件，長期存活實不可能。且優伶社會地位低賤，賈薔係國公府玄孫，如娶齡官為妻，必遭家長反對。（原按：賈府老戲班的女伶後都由主子指配嫁與奴僕）故齡官最多只能做賈薔之妾。……她的結局也只能是悲劇。」[11]推測她不可能長期存活是可信的。她相貌似林黛玉，遣回蘇州後，悲劇結局可能等不到做賈薔的妾了，且寧國府被抄後，賈薔能否娶妾？仍屬未知之數。

[10] 紅樓夢研究所《脂硯齋重評石頭記彙校》馮其庸主編，頁四六一一。文化藝術出版社，北京。

[11] 朱淡文《紅樓夢研究》，頁一五二。江蘇古籍出版社，江蘇。

從賈蘭看曹寅

筆者〈曹寅是賈政的模式〉一文❶，認為《紅樓夢》中的賈政，是以史實中的曹寅為塑造的角色。今再舉一例為補證。

《紅樓夢》第二回：

這政老爹的夫人王氏，頭胎生的公子，名喚賈珠，十四歲進學，不到二十歲就娶了妻，生了子。一病死了。

脂硯齋在「生了子」旁批：

此即賈蘭也。至蘭第五代。❷

《紅樓夢》第十七至十八回：

❶《微觀紅樓夢》，頁三至六。東大圖書公司，臺北。

❷甲戌本，卷二，頁八甲面至乙面。

此時賈蘭極幼，未達諸事，只不過隨母依叔行禮。❸

賈蘭是賈珠的獨子，賈政唯一的孫子，好學能詩，也喜射事，可說是子孫中賈政的最愛。《康熙字典》：「欄與蘭、闌通。」《說文解字》：「欄，木也。」段注：「廣韻廿五寒，欄下云木名。從古字、古音也。欄俗作楝，乃用欄為闌檻俗字。欄實曰金鈴子，可用浣衣。」❹可證楝與蘭字相通。

《清史稿．文苑傳》（曹寅條）：

曹寅，字楝亭，漢軍正白旗人，世居瀋陽，工部尚書璽子。累官通政使、江寧織造。有《楝亭詩文詞鈔》。❺

周汝昌〈人物考〉對史載有所正。「寅，（曹）璽長子，字子清，一字幼清，號荔軒，一號楝亭，……」❻以楝亭非曹寅的字，而是號，可從。納蘭性德〈曹司空手植楝樹記〉：「余友曹君子清，風流儒雅，……其先人司空公當日奉命督江寧織造，清操惠政，久著東南；於時尚方資黼

❸ 庚辰本，頁三六五至三六六。
❹ 《說文解字注》，卷六上，頁一七。
❺ 《清史稿》，頁一三三七九。鼎文書局印，臺北。
❻ 周汝昌《紅樓夢新證》新版，頁四三。人民文學出版社，北京。

讌之華，闆閻鮮杼軸之嘆；衙齋蕭寂，攜子清兄弟以從。方佩觿佩韘之年，溫經課業，靡間寒暑。其書室外，司空親栽楝樹一株，今尚在無恙。」納蘭詞集中題楝亭之滿江紅注云：「為曹子清題其先人所構楝亭，亭在金陵署中。」❼葉燮《巳畦文集》卷五葉十一：「〈楝亭記〉：久之，樹大可蔭，爰作亭於其下，因名之曰『楝亭』。」❽

楝亭在曹寅書房外，樹為其父曹璽手植，亭亦為其所建。曹寅繼任江寧織造，取為號以紀念其父；而楝實即金鈴子，可以洗衣，和織造為皇家衣服有關，金鈴音類金陵，又切地名。所以說曹寅是《紅樓夢》中賈政的模式。

蘭為花中之君子，字通楝。賈政、賈蘭祖孫同昭穆。物以類聚，蘭、楝聲母相同，這是曹寅為賈政造型的模式的一個旁證。如此《紅樓夢》本名《石頭記》，又名《金陵十二釵》，大觀園在南京，「甄應嘉」即「真寅家」，又得到一個證明。

---

❼ 周汝昌《紅樓夢新證》新版，頁三〇九至三一〇。人民文學出版社，北京。

❽ 周汝昌《紅樓夢新證》新版，頁三二九。同右。

林薛應制詩析論

庚辰本《紅樓夢》第十七回至十八回，敘述皇妃賈元春歸省，遊幸為她修建的花園畢，題匾、賜名後：

於是先題一絕云：

銜山抱水建來精，
多少工夫築始成；
天上人間諸景備，
芳園應錫大觀名。

寫畢，向諸姐妹笑道……妹輩亦各題一匾一詩，隨才之長短亦暫吟成，不可因我微才所縛。且喜寶玉竟知題詠，……前所題之聯雖佳，如今再賦五律一首，使我當面試過，方不負我自幼教授之苦心。❶

❶ 庚辰本《紅樓夢》，頁三五八至三五九。按：此二回文字，己卯本、庚辰本中尚未分回。戚序本《石頭記》分為兩回，第十七回回目作「大觀園試才題對額，怡紅院迷路探曲折」；第十八回回目作「慶元宵

這是林黛玉和薛寶釵等應制詩的由來，也是兩人進住榮國府以來第一次的詩作。元春是賈寶玉的長姐，也是他的啟蒙老師。她對這位幼弟在分離這些年來的學業作一次檢驗，以看其長進如何。因此卻影響到寶玉未來的婚姻。筆者以為林黛玉和薛寶釵此次的詩作，是原因之一。茲析論如下：

同回：

凝暉鍾瑞　匾額　薛寶釵

芳園築向帝城西，
華日祥雲籠罩奇；
高柳喜遷鶯出谷，
修篁時待鳳來儀。
文風已著宸遊夕，
孝化應隆歸省時；

賈元春歸省，助情人林黛玉傳詩」。甲辰本（乾隆四十九年，西元一八七四年）第十七回回目作「大觀園試才題對額，榮國府歸省慶元宵」；第十八回回目作「皇恩重元妃省父母，天倫樂寶玉呈才藻」。全抄本（夢稿本）第十七回回目作「會芳園試才題對額，賈寶玉機敏動諸賓」；第十八回回目作「林黛玉誤剪香囊袋，賈元春歸省慶元宵」。列藏本、程甲本同庚辰本。

睿藻仙才盈彩筆，
自慚何敢再為辭。

脂硯齋在「修篁時待鳳來儀」句下單行批：「恰極」；於全首詩末雙行批：「好詩。此不過頌聖應酬耳，猶未見長，以後漸知」。❷

筆者認為脂批「恰極」應是指頷聯，不單是「修篁」句。意謂第三句和第四句用的典都是貼切之至。

近人對這首詩的白話譯文，筆者提出少許的不同的解讀。對頷聯「高柳喜遷鶯出谷，修篁時待鳳來儀」，文冰的譯文是：

高高的垂柳歡迎黃鶯遷來離開幽谷，
長長的翠竹恭候鳳凰飛到這裏遊棲。❸

啟功等的譯文是：

高高的楊柳喜迎從深谷遷出的黃鶯，

---

❷ 庚辰本《紅樓夢》，頁三六〇至五六一。

❸《紅樓夢詩詞釋注》，頁一〇六至一〇七。中華書局，香港。

長長的翠竹等待著鳳凰的棲息。❹

其庸等的譯文是：

高高的柳樹歡迎黃鶯從幽谷中飛來，
修長的叢竹等待著鳳凰的到臨。

其庸等釋「高柳」句為「喻元春出深閨進宮闈」。「修篁」句為「喻元春歸省」。❺

朱淡文的釋文是：

頷聯「高柳喜遷鶯出谷，修篁時待鳳來儀」，贊頌元春進宮封妃及歸家省親。上句以「高柳」喻皇室，以「鶯出谷」比元春之離家入宮；下句以「修篁」（修長的竹子）比賈府，以「鳳來儀」喻貴妃歸省。全聯字面意義為：

高揚的柳樹喜迎從幽谷飛來的黃鶯，
修長的竹林時刻等待著鳳凰來臨。❻

❹ 彩畫本《紅樓夢校注》，頁三一五。里仁書局，臺北。
❺ 革新本《紅樓夢校注》，頁二九二。里仁書局，臺北。
❻《紅樓夢鑒賞辭典》，頁二一七。上海古籍出版社，上海。

徐甸、王景琳的譯釋為：

高高的柳樹歡迎黃鶯從幽谷中飛出，

遷到高枝之上，

修長的叢竹時刻等待鳳凰的來臨。

徐、王二位的解釋是：（上句）「以喻元春由閨閣而入宮闈。……（下句）喻指元春回賈府省親。」❼

以上五種譯釋都大同小異，一致認為「高柳喜遷鶯出谷」，是賈元春離開其家進入皇宮，封為皇妃。

筆者對這一聯提出和前修們不同的解讀。

《詩經．小雅．伐木》：「伐木丁丁，鳥鳴嚶嚶；出自幽谷，遷于喬木。」❽是寶釵自比黃鳥，此時家道已衰落，故合於「幽谷」的低下；今入住國戚榮國府，是高遷。《紅樓夢》的作者用「高柳」易「喬木」，來比喻公爵的府第，既恰當也寫實。適逢元妃歸省大典，她也在歡迎之列，真是一生難逢，故云「喜迎」。所以這句是寶釵寫自己。

---

❼《紅樓夢大辭典》，頁五二八。文化藝術出版社，北京。

❽《詩經》，頁三二七。阮刻本十三經注疏，藝文印書館，臺北。

下片用「有鳳來儀」的典。《尚書・益稷》：「簫韶九成，鳳皇來儀。」孔氏傳：「儀，有容儀。」孔穎達疏：「簫韶之樂，作之九成，以致鳳皇來而有容儀。」❾「有容儀」即表現儀態，換句話說即為鳳來為禮。「鳳來」喻元妃歸娘家，「儀」即對尊親行孝敬之禮。同時也歌頌了皇上如舜之聖明。

頷聯用的兩個典，都切事、切合兩人的身分，所以脂評為「恰極」。

再論頸聯「文風已著宸遊夕，孝化應隆歸省時」。

文冰譯此聯為：

重文風氣倍加增高在娘娘觀賞之夕，
孝悌教化發揚光大在皇妃省親之時。❿

啟功等的譯文為：

娘娘遊賞之夜，詩書禮樂已是發揚昭著，
貴妃省親時刻孝道教化更加昌盛普及。⓫

---

❾《尚書》，頁七二。阮刻本十三經注疏，藝文印書館，臺北。

❿《紅樓夢詩詞釋注》，頁一〇六至一〇七。中華書局，香港。

⓫彩畫本《紅樓夢校注》，頁三一五。里仁書局，臺北。

其庸等譯為：

宸遊之夕朝廷倡導詩禮之風已經彰著，歸省之時以孝教育感化萬民之德更加隆盛。⓬

徐匋、王景琳的譯文為：

自元妃巡幸大觀園之時起，朝廷倡導的詩禮之風已經光大彰著；以孝悌教育感化萬民的恩德，亦因之而更加隆盛。⓭

上引前賢等的譯意，筆者的淺見則與之稍有差異。認為頸聯的上片，是稱譽元妃在遊覽園中諸景點時，或立即改動原匾額的題辭，或親題匾額，或親撰對聯；於遊畢再賜園名，並作詩一首等具體的文藝表現。是頌揚元妃的文學修養深厚。

下片則是稱譽元妃的歸省，是孝道禮儀實踐的典範，天下臣民當會風從效法。這句重點在贊頌元妃的品德風儀。

對收尾兩句：「睿藻仙才盈彩筆，自慚何敢再為辭。」文冰的譯文是：

⓬ 革新本《紅樓夢校注》，頁二九二。里仁書局，臺北。

⓭ 《紅樓夢大辭典》，頁五二八。文化藝術出版社，北京。

瞻仰了后妃超人的才華敏捷的辭藻，

自覺慚愧才學淺薄怎敢再作文賦詩。⓮

啟功等的譯文是：

在這裏瞻仰著賢德妃的天才詩章，

自愧學識淺薄怎敢再寫詩填詞。⓯

徐匋、王景琳的譯文為：

瞻仰過元妃非凡的辭藻，

深感自己才疏學淺，不敢再為文。⓰

筆者贊同徐、王氏的譯文，也認為是薛寶釵謙恭卑遜的詞。說她拜讀畢元妃的好詩，自己感到慚愧才學疏淺，不敢再作詩了。

⓮《紅樓夢詩詞釋注》，頁一〇七。中華書局，香港。

⓯彩畫本《紅樓夢校注》，頁三一五。里仁書局，臺北。

⓰《紅樓夢大辭典》，頁五二八。文化藝術出版社，北京。

茲將全詩語譯如下：

花園建築在京城內的西邊，
春天的陽光和祥瑞的雲氣中呈現著異兆。
我像出谷的黃鶯棲在高柳上欣喜地迎接貴妃蒞臨，
長竹林也有知，時常恭候貴妃來省親。
在夜遊花園時，貴妃已現示出文學修養的深厚；
孝道教化在這次歸省時應會感動臣民而風從盛行。
貴妃精深的詞藻，超凡的文才，洋溢在字裏行間。
拜讀貴妃的詩後，自覺才疏學淺而慚愧的不敢再作詩了。

再看林黛玉的應制詩。

世外仙源　匾額　林黛玉

名園築何處？⓱

⓱ 程甲本《紅樓夢》首句作「宸遊增悅豫」（見《脂硯齋重評石頭記彙校》頁九一〇。文化藝術出版社），今據庚辰本作「名園築何處」。

仙境別紅塵。
借得山川秀，
添來景物新。
香融金谷酒，
花媚玉堂人。
何幸邀恩寵，
宮車過往頻。18

文冰的譯文是：（首句據程甲本譯）

娘娘的遊覽增添了多少歡欣，
彷彿是仙境而不是人間園林。
憑借著那青山和綠水的秀美，
帶來多少氣魄和景象的更新。
青草芳香似金谷園裡的醇酒，
花朵嬌媚如玉堂宮中的美人。

18 庚辰本《紅樓夢》，頁三六一。

幸運地獲得貴妃的恩賜寵愛，
讓那龍車鳳輦不斷往來光臨。[19]

啟功等的譯文是：（首句據程甲本譯）

貴妃來遊幸增添了無限歡欣，
大觀園似仙境不同人間紅塵。
憑借著青山綠水的秀麗，
萬千氣象更加煥然一新。
金谷美酒浸透芳草香氣，
鮮花兒向宮中美人獻媚。
什麼福氣受到皇妃的恩寵？
讓那龍車鳳輦來往頻頻！[20]

朱淡文的釋語是：

[19] 《紅樓夢詩詞釋注》，頁一〇八。中華書局，香港。
[20] 彩畫本《紅樓夢校注》，頁三一五至三一六。里仁書局，臺北。

「名園築何處，仙境別紅塵。借得山川奇，添來景物新。」寫大觀園的秀色有如仙境，與紅塵隔絕。後半首「香融金谷酒，花媚玉堂人。何幸邀恩寵，宮車過往頻。」描繪貴妃歸省的盛大場面；大觀園開筵賦詩，酒香融融；玉堂貴妃來歸，人如花媚。何幸蒙受皇室恩寵，宮車來往頻繁不停。❷❶

徐匋、王景琳的釋語是：

大觀園如同遠離塵世的仙境，山川秀麗，景物一新。到處香氣芬芳，有金谷園開筵賦詩的氣氛；鮮花盛開，好像也在向元妃獻上嫵媚。最後兩句寫賈府門前宮車頻繁來往，榮幸地得到皇室恩賜寵愛的情景。❷❷

上引四種解釋，對此詩前四句無甚差異，（首句異文因本子不同，今不論。）對後四句有些出入。頸聯「香融金谷酒，花媚玉堂人」。「金谷」句，其庸等校注：「晉代石崇有金谷園，常與賓

❷❶《紅樓夢鑑賞辭典》，頁二一八。上海古籍出版社，上海。

❷❷《紅樓夢大辭典》，頁五二八。文化藝術出版社，北京。

客遊宴其中，命各賦詩『不能者，罰酒三斗』……這裏借指大觀園開筵賦詩。」㉓「以『金谷酒』形容大觀園開筵賦詩的盛況。」㉔

筆者以為「香融」的香似應解為炷香，作詩用來限時的香枝燃點而發散的香氣。此句和「金谷酒」結合，意為點的計時香柱發散的香味融合在筵中陳設的美酒香中。

「花媚」句的「媚」似應作動詞解。句意為花朵都趨向皇妃而盛開。《論語・八佾》：「與其媚於奧，寧媚於竈。」疏：「言與其趣於閒靜之處，寧若趣於急用之竈。」㉕媚有迎向意。

收尾兩句「何幸邀恩寵，宮車過往頻」。「何幸」句是林黛玉寫自己，說自己多麼榮幸逢到這省親大典，受到貴妃的接見，和薛寶釵「高柳喜遷鶯出谷」同樣是自佔地步。「宮車」句緊承上句，寫出黛玉的期盼，是說自己希望貴妃以後常駕臨遊賞大觀園。

茲將林黛玉這首詩譯為語體如次：

這著名的花園建築在哪裏？
在仙人住的地方，和人間不同。

㉓ 革新本《紅樓夢校注》，頁二九二。里仁書局，臺北。

㉔《紅樓夢大辭典》，頁五二九。文化藝術出版社，北京。

㉕《論語》，頁二八。阮刻本十三經注疏，藝文印書館，臺北。

借了山水原有的秀麗，
加上人工建構的景物，便氣象一新。
炷香和美酒的香氣融合飄移在席間，
花朵都傾向貴妃而盛開著。
我多麼幸運榮受貴妃的接見，
希望貴妃常駕臨大觀園來遊玩。

林黛玉此詩的缺點，已有前人指出。朱淡文說：

「香融金谷酒」一句用典不妥，因此典出自晉代石崇故事。石崇有金谷園，常與賓客于其中飲酒賦詩，不能者罰酒三斗（見其《金谷詩序》）。石崇後參與八王之亂，因政治原因而被殺。……將賈府的大觀園比成石崇的金谷園，自是考慮欠周的表現。㉖

筆者以為這詩的匾額「世外桃源」也就是等於詩的題目。這也是不妥的。陶淵明的〈桃花源記〉寫其中人的祖先因為避秦而與邑人入此絕境，從此與世隔絕不出。此回寫賈政先前帶寶玉遊

㉖《紅樓夢鑒賞辭典》，頁二二一八。上海古籍出版社，上海。

園到寶玉題「蓼汀花溆」處：

賈政道：諸公題以何名？眾人道：再不擬了，恰恰乎是「武陵源」三個字。賈政笑道：又落實了，而且陳舊。眾人笑道：不然就用「秦人舊舍」四字也罷了。寶玉道：這越發過露了。秦人舊舍說避亂之意，如何使得！莫若「蓼汀花溆」四字。27

賈寶玉都知道「桃花源」的典不能用，林黛玉竟然用來比喻大觀園，豈不是說當朝政暴世亂嗎？應制詩主要是頌聖，所以林黛玉這首詩是不合式。所以脂硯齋在匾額「世外仙源」下批：「落思便不與人同。」在頷聯下批：「所謂信手拈來無不是；阿顰自是一種心思。」並沒有像對寶釵詩的匾額「凝暉鍾瑞」下批「便有含蓄」，詩末批：「好詩」，尤其欣賞薛詩頷聯而讚美二句「恰極」那麼明白的評語。

上文筆者認為此二首詩作，影響到寶玉、黛玉、寶釵的婚事。現在舉證如下：

庚辰本《紅樓夢》第二十八回：

襲人又道：昨兒貴妃打發夏太監出來，送了一百二十兩銀子，……命小丫頭子來，將昨日所賜之物取了出來。只見上等宮扇兩柄，紅色麝香珠二串，鳳尾羅二端，芙蓉簟一領。寶

27 庚辰本《紅樓夢》，頁三二九。

玉見了喜不自勝。問：別人的也都是這個？襲人道……你的同寶姑娘的一樣；林姑娘同二姑娘、三姑娘、四姑娘，只單有扇子同數珠兒。……寶玉聽了笑道：這是怎樣原故？怎麼林姑娘的不同我的一樣？倒是寶姐姐的同我一樣。別是傳錯了罷。襲人道：昨兒拿出來都是一分一分的寫著籤子，怎麼就錯了。你的是在老太太屋裏的，我去拿了來。……薛寶釵因往日母親對王夫人等曾提過，金鎖是個和尚給的，等日後有玉的方可結為婚姻等語，所以總遠著寶玉。昨兒見元春所賜的東西，獨他與寶玉一樣，心裏越發沒意思起來。㉘

可見元春是選中寶釵將來配寶玉為妻，但不明說，卻很慎重分配好獨二人相同的紅麝串各一串，送到賈母房，讓祖母知道自己對寶玉的擇配對象是寶釵而非黛玉。元春的決定當然就是根據林、薛在她歸省時二人的應制詩。林詩偏重性靈，薛詩偏重教化；林詩明快率真，薛詩含蓄謙卑。這該是元春看中寶釵的要素，而使它向祖母賈太君暗示對寶玉擇配的意見。

到了第三十一回回目：「撕扇子作千金一笑，因麒麟伏白首雙星」回前脂硯齋評：

金玉姻緣已定，又寫一金麒麟，是間色法也。㉙

㉘ 庚辰本《紅樓夢》，頁六〇七至六一〇。

㉙ 庚辰本《紅樓夢》，頁六五六。

不過兩回書，就知「金玉姻緣」已定，可證元春在這次歸省，扮演了雙重角色。影響到賈寶玉、林黛玉的愛情走入悲劇；對薛寶釵來說也是「金無彩」的折磨。

元妃賜姊妹何書

元春二十歲那年，「晉封為鳳藻宮尚書，加封賢德妃」。❶次年元宵歸省。遊賞大觀園，命眾姊妹與賈寶玉等作詩，並賜薛寶釵、林黛玉、迎春、探春、惜春三姊妹，「每人新書一部，……」。❷

此新書蒙上文「御製新書」而省稱。後來寶釵入住蘅蕪苑，其室中案上有兩部書外，別無陳設。此兩部書，筆者推測其中之一是《佩文齋詠物詩選》。此書啟迪了園中姊妹們的詩興，是作詠物詩的寶鏡。作者不直書其名，是隱去當年南巡的寫法。

甲戌本《石頭記》第十六回回前批：

借省親事寫南巡，出脫心中多少憶昔感今。❸

筆者曾云元春乃康熙帝的隱筆。康熙四十六年最後一次南巡，駐蹕南京（江寧）織造署中❹。

❶ 庚辰本《石頭記》，頁二八〇。
❷ 庚辰本《石頭記》，頁三六八。
❸ 甲戌本《石頭記》，卷十六，頁一乙面。
❹ 江寧織造署地址，即今南京市中山東路與太平南路交會處的大行宮小學地。

《紅樓夢》中元春僅此一次即最後一次省親。所寫禮儀場景為實述。四十五年敕編的書，四十六年賜人，稱為「御製新書」是恰當。「佩文齋」是清帝書齋名。

省親之年寶玉十三歲。上推十三年為康熙三十四年，即賈寶玉出生之年。見拙著〈紅樓夢年表〉。❺

❺ 《紅樓夢指迷》，頁三九〇、三九三。里仁書局，臺北。

林黛玉的詩號與賈島詩

賈探春成立海棠詩社，成員們自取或互取詩號。黛玉取笑探春自號「蕉下客」。探春便笑說：「當日娥皇、女英洒淚在竹上成斑，故今斑竹又名湘妃竹。如今他（黛玉）住的是瀟湘館；他又愛哭，將來他想林姐夫，那些竹子也是要變成斑竹的。以後都叫他作『瀟湘妃子』……」❶《紅樓夢》作者對賈島詩很熟。蘇東坡評賈詩風曰：「島瘦」。賈島〈贈梁浦秀才斑竹拄杖〉：

揀得林中最細枝，結根石上長身遲。莫嫌滴瀝紅斑少，恰似（一作是）湘妃淚盡時。❷

甲戌本《石頭記》第三回：「黛玉……身體面龐雖怯弱不勝，……」脂眉批：「草胎卉質，〈黛玉前世〉豈能勝物耶！」❸

甲戌本同回：「行動（時）似弱柳扶風，……」❹寫的是「林」黛玉身體「瘦弱」。與賈島詩

❶ 庚辰本《石頭記》，頁七八二。

❷ 《全唐詩》，卷五百七十四，頁六六八三。明倫出版社，臺北。

❸ 甲戌本《石頭記》，卷三，頁五甲面。

❹ 甲戌本《石頭記》，卷三，頁五甲面。

首句何其合拍。

甲戌本第一回：「西方靈河岸上，三生石畔，有絳珠草一株。」脂側批：「妙！所謂『三生石上舊精魂』也。」「絳珠草」側批：「點紅字。細思絳珠二字，豈非血淚乎。」❺血色紅，所以釋「絳」；眼淚滴瀝圓，所以釋「珠」。賈島詩第二、三、四句，與「瀟湘妃子」雅號若合符節。可證脂硯先生就是作者；他人根本不會想到「絳珠草」和「相思血淚拋紅豆」有關係。《石頭記》類似這種「密碼」數見，甚至其中詩謎仍有未解碼的呢。

---

❺ 甲戌本《石頭記》，卷一，頁九甲面。

輯二

賈寶玉即脂硯齋新證

拙著《紅樓夢研究》曾提出《紅樓夢》的作者是石頭；該書是賈寶玉自述性的小說。曹雪芹是該書的加工者，因他增加了大量的詩作，補了些許文字，理應是作者之一❶。又在《微觀紅樓夢》的〈賈寶玉與脂硯齋〉文中，提出「茜紗公子」為賈寶玉在富貴生活的身影；家破人散後，在貧困中批其小說，是淚多的「脂硯先生」。「時乖玉不光」成了「石頭」，追述往事，寫成《石頭記》；化身批書的脂硯先生，齋名與「悼紅軒」相應。❷

近日重閱《脂硯齋重評石頭記》的庚辰本，找到了新的證據，以證成前說。

庚辰本第二十二回，述元妃歸省之年，薛寶釵十五歲。賈母喜歡寶釵「和平穩重」；又是她來到榮府客居，過第一個生辰。特別自己蠲出二十兩銀子，交給王熙鳳置辦酒、戲，替薛寶釵慶生。

正月二十一日寶釵生辰的宴席酒戲，賈母定名為「家宴」。地點就在賈母院內的上房，排了幾席家宴酒食，定了一班新出的小戲，崑弋兩腔皆有。

❶《紅樓夢研究》，頁一二七至一三四。東大圖書公司，臺北。

❷《微觀紅樓夢》，頁八八至九三。東大圖書公司，臺北。

因為這「家宴」是賈母自己出資的，只限定她老太君所指定與宴的人，纔能進入其上房坐席，連邢夫人都未告知。

開始點戲。賈母不讓王夫人及薛姨媽點戲，是有道理的。因為是「家宴」，薛姨媽不便點。王夫人是媳婦，婆婆出資請客看戲，她更不敢點。且看賈母用一笑語，便讓薛姨媽和王夫人「輕舟已過萬重山」。足見這位一品夫人的不凡。以下是賈母安排參加者點戲的順序：

一、薛寶釵遵命先點，因她是主客。

二、王熙鳳遵命，也點了一齣。因她操辦此次的酒戲。

三、便命林黛玉點。黛玉知書達禮，先讓王夫人點，再讓薛姨媽，幸好賈母以談笑一語免了。黛玉方點了一齣。

四、然後命寶玉點。

五、(命) 史湘雲點。

六、(命) 迎春點。

七、(命) 探春點。

八、(命) 惜春點。

九、(命) 李紈點。

……按齣扮演。

上酒席時，賈母又命薛寶釵點……

至晚，散席。

在王熙鳳遵命點戲時，因她不會寫字，有代筆替她點。脂硯眉批：

鳳姐點戲，脂硯執筆事，今知者聊聊（寥寥）矣，不怨（悲）夫！❸

筆者推擬此次點戲的實況如下：

戲目是成本的，本子的內容是如此形式：（以《牡丹亭》為例）

《牡丹亭》

第一齣　標目

第二齣　言懷

第三齣　訓女

……

第十齣　驚夢（崑曲今已分為兩折：〈遊園〉、〈驚夢〉）

薛寶釵先翻至《西遊記》點了其中一齣，便將戲目本折，寫在空白的演出單上，交給掌單者。掌單者再將戲目本子和寫單，送給鳳姐。鳳姐只會認不會寫。脂硯齋本人當時的賈寶玉，拿起筆

---

❸ 庚辰本，頁四五一至四五二。聯亞出版社，臺北。

來，依照鳳姐手之所指的那齣：

《裴度還帶記》

……

第十三齣　劉二當衣

寶玉在戲單子上寫了這四個字。

掌點戲單者再將戲本和寫戲目的單子送至黛玉前。黛玉可能未親自動筆。前文：

這日早起，寶玉……只見林黛玉歪在炕上。寶玉笑道：「起來，吃飯去。就開戲了，你愛看那一齣？我好點。」

賈寶玉是個性急又「無事忙」的人，見黛玉手指的那齣，便寫在戲單上，接著便輪到他自己。另有一種可能，是王熙鳳叫寶玉代筆，寶玉才執筆寫。

甲戌本第二十八回：

（鳳姐）見寶玉來了，笑道：「你來的正好，進來替我寫幾箇字兒。」寶玉只得跟了進來。❹

❹ 甲戌本，卷二八，頁七甲面。

這是寶玉有替鳳兒代筆的現象。

從賈母上房中未設屏的情況看，賈寶玉是唯一的男性與宴者。很顯然，代「鳳姐點戲」寫齣目的執筆人脂硯，就是賈寶玉無疑了。

寶玉脂硯二名一身

庚辰本第二十一回的回前批：

有客題《紅樓夢》一律，失其姓氏。惟見其詩意駭警，故錄於斯。

自執金矛又執戈，
自相戕戮自張羅。
茜紗公子情無限，
脂硯先生恨幾多。
是幻是真空歷遍，
閑風閑月枉吟哦。
情機轉得情天破，
情不情兮奈我何。

筆者試作解讀如次：

這首七律的首兩句，言自己的作品《紅樓夢》，自己又加批評。

頷聯，言年輕時生活在紅樓中的公子，既痴情，又泛愛；此刻已是此恨綿綿的脂硯先生了。

腹聯，言亦夢亦真的前塵，已成陳跡；風前月下的愛情閑趣，徒留詩篇。

七句，言作者心已轉色入空。

末句，言賈寶玉不會在乎「我」指出了作者和脂硯是一人。

此詩後有批語：

凡是書題（詩）者，不可（以）此為絕調。詩句警拔，且深知擬書底裏。惜乎失名矣！❶

批者說這首七律的作者，深知（石頭）撰寫《紅樓夢》的寓意及真相。則佚名氏和此批者，都是石頭同時而很親近的人，如畸笏叟、松齋、梅溪等人。否則，不可能知道石頭的「擬書底裏」。他們批書從未以真名出現，也是失名。

筆者管見以為這首七律也是脂硯齋本人的「自張羅」、「自相戕戮」，調侃自己的解碼詩。

甲戌本第十三回：

（睡夢中）鳳姐忙問有何喜事？秦氏道：「天機不可洩漏。只是我與嬸子好了一場，臨別贈你兩句話，須要記着。因念道：『三春去後諸芳盡，各自須尋各自門。』」

❶ 庚辰本，頁四二三。聯亞出版社，臺北。

脂硯齋在「各自須尋各自門」右側批：

此句令批書人哭死。❷

梅溪眉批：

不必看完，見此二句，即欲墮淚。

賈寶玉是喜聚不喜散的。他希望諸芳不要散去而和他常聚。都等他往生時，用眼淚葬他。所以脂硯齋本人批書時見到這二句而哭死。眉批者見此二句即墮淚，則與「哭死」有差。可知書中賈寶玉，批書脂硯齋是一人不同時段的名字。

庚辰本第四十八回：

寶釵笑道：「哥哥果然要經歷正事，正是好的了。……他出去了，左右沒有助興的人，又沒了倚仗的人，到了外頭，誰還怕誰？有了的吃，沒了的餓着，舉眼無靠。他見這樣，只怕比在家裏省了事也未可知。」

脂硯齋本人雙行註批：

❷ 甲戌本，卷十三，頁三甲面。

作書者曾吃過此虧，批書者亦曾吃過此虧。故特于此註明，使後人深思默戒。脂硯齋。❸

《石頭記》作者石頭，和批書的脂硯齋，吃過的虧也相同。脂硯齋是多麼了解石頭的經歷。家破後貧困中的賈（假）寶玉（石頭），追憶往日「是幻是真」的紅樓生活，為表彰閨友閨情，不使其泯滅，而撰成了《石頭記》小說。第一個批評這部書的人，用一方淺紅石硯，重溫舊夢，亦懷悲亦取樂，評至再三再四，自署為「脂硯齋」。這是一人在三時段的異名。

一《易》有三義。一方「石頭」有三名；《西遊記》裡的石猴、孫行者、鬥戰勝佛，是一隻猴子在三時段中的名號，對《石頭記》的作者必有所啟發。

甲戌本第三回：

（王夫人因說）……我有一個孽根禍胎，是這家裏的混魔王。

脂硯齋右側批：

作者痛哭。❹

---

❸ 庚辰本，頁一〇三四至一〇三五。

❹ 甲戌本，卷三，頁一〇乙面。

這條批，將主角賈寶玉與作者石頭，畫上等號。

甲戌本第二十五回：

寶玉也來了。進門見了王夫人，不過規規矩矩說了幾句話。便命人除去抹額，脫了袍服，拉了靴子，便一頭滾在王夫人懷內。

脂硯齋在「便一頭滾在王夫人懷內」右側批：

余幾幾失聲哭出。❺

這是脂硯齋對號入賈寶玉之座的明證。

甲戌本第二十五回：

馬道婆……向寶玉臉上用指頭畫了幾畫，又口內嘟嘟囔囔的持誦了一回，就說道：「管保你好了。這不過是一時飛災。」又向賈母道：「祖宗老菩薩那裏知道，那經典佛法上說的利害。」

脂硯齋右側批：

❺ 甲戌本，卷二五，頁三甲面。

一段無倫無理，信口開河的渾話，却句句都是耳聞目睹者，並非杜撰而有。作者與余實實經過。❻

這是將作者石頭和批者脂硯，主角賈寶玉三合為一。

❻ 甲戌本，卷二五，頁五乙面。

石頭記作者是脂硯齋新證

——石頭、賈寶玉、脂硯齋為一人

甲戌本第一回：

原來女媧氏煉石補天，……只單單剩了一塊未用，便棄在此山青埂峯下。誰知此石……靈性已通。……向那僧道：「……如蒙發一點慈心，攜帶弟子得入紅塵，……」那僧……大展幻術，將一塊大石登時變成一塊鮮明瑩潔的美玉，……笑道：「攜你到那昌明隆盛之邦……溫柔富貴鄉，去安身樂業。」石頭聽了，喜不能禁。❶

這一段引文，清清楚楚說出「石頭」就是「寶玉」的前身。

同回：

空空道人……從這……青埂峯下經過。忽見一大石上字跡分明，編述歷歷。……原來就是無材補天，幻形入世，蒙茫茫大士、渺渺真人攜入紅塵，歷盡離合悲歡，炎涼世態的一段故事。……

❶ 甲戌本，卷一，頁四甲面至五乙面。

空空道人遂向石頭說道：「石兄，你這一段故事，據你自己說有些趣味，故編寫在此……」❷

此段引文，也明明白白指出《石頭記》是「石頭」兄「幻形入世」所經歷的故事，是「編述歷歷」的自述。也就是說石頭進入紅塵，投胎為賈寶玉後所經歷的故事，是「石頭」自己撰述的。由此可證，賈寶玉和石頭是一個人在兩個時段的名字。

甲戌本第一回：

按那石上書云……姑蘇，有城曰閶門者，最是紅塵中一二等富貴風流之地。❸

脂硯齋夾批：「妙極！是石頭口氣。惜米顛不遇此石。」這批語指出，石頭其為人，和米芾相似。既云「口氣」（語氣），則批出「石頭」即是執筆寫《石頭記》的人。可見脂硯齋對「石頭」了解之深。

甲戌本第一回：

只因西方靈河岸上，三生石畔，有絳珠草一株。時有赤瑕宮神瑛侍者，日以甘露灌溉。這

❷ 甲戌本，卷一，頁五乙面至六乙面。

❸ 甲戌本，卷一，頁八乙面。

絳珠便得久延歲月。……近日神瑛侍者凡心偶熾，……意欲下凡造歷幻緣，……那絳珠仙子道：「他是（賜）甘露之惠，我並無此水可還。他既下世為人，我也去下世為人。但把我一生所有的眼淚還他，也償得過他了。」……。❹

神瑛侍者，投胎為賈寶玉。他出生時口中就含著「石頭」化身的「寶玉」。絳珠仙子投胎為林黛玉。這便是賈寶玉和林黛玉兩人前世今生的「因」緣。

甲戌本〈紅樓夢旨義〉：

作者自云，因曾歷過一番夢幻之後，故將真事隱去，而撰此《石頭記》一書也。……今風塵碌碌，一事無成。忽念及當日所有之女子，一一細推了去，覺其行止見識皆出于我之上。何堂堂之鬚眉，誠不若彼一干裙釵。實愧則有餘，悔則無益之大無可奈何之日也，……編述一記，……❺

可見是作者石頭追述其年青時「錦衣紈袴……飫甘饜美」的生活。則賈寶玉——書中唯一的男主角，是石頭早期的名字。賈府敗亡散離後，用「假語村言敷演出一段故事來」的石頭，是賈

❹ 甲戌本，卷一，頁九甲面至一〇甲面。
❺ 甲戌本，卷一，頁二甲面至乙面。

寶玉失去榮華富貴後，追述往事時期的名字。可證賈寶玉和石頭根本就是一人。

上文引絳珠仙子要下世為人，用眼淚還神瑛侍者一段，脂硯齋眉批：

> 知眼淚還債，大都作者一人耳。余亦知此意，但不能說得出。❻

批者說，知道「眼淚還債」這段因果，只有作者石頭，別人並不知道。等於說出作者是賈寶玉；除了賈寶玉外無人知道，則石頭即賈寶玉。

批者又說，「余亦知此意，但不能說得出」。既然說「作者一人」知道「眼淚還債」原委，卻又說「余」亦知此意。即是說出批者就是作者石頭。否則，知眼淚還債的便不止「一人」。「余亦知此意」的「余」等於作者。

「但不能說得出。」眼淚還債只有當事人賈寶玉知道。「現在」化身為批者脂硯齋，沒有將「此意」批出，可能有所隱諱。

由上證論，可知賈寶玉是歷夢期的名字，石頭是述夢期的名字，脂硯齋是批夢期的代號。其實只是一個人。（參見拙著《微觀紅樓夢．賈寶玉與脂硯齋》）

---

❻ 甲戌本，卷一，頁九甲面至一〇甲面。

輯三

分回前的石頭記

甲戌本〈紅樓夢旨義〉：

此書開卷第一回也（中），作者自云……書中所記何事？又因何而撰是書哉？自云：今風塵碌碌，一事無成。……何堂堂之鬚眉，誠不若彼一干裙釵。實愧則有餘，悔則無益……編述一記，以告普天下人，雖我之罪固不能免；然閨閣中本自歷歷有人。萬不可因我不肖則一併使其泯滅也。❶

甲戌本第一回：

此石……親自經歷的一段陳跡故事。其中家庭閨閣瑣事，以及閑情詩詞，……空空道人遂向石頭說道：「石兄，你這一段故事，據你自己說有些趣味，故編寫在此，意欲問世傳奇，……」

……

空空道人方從頭至尾抄錄回來，問世傳奇。……遂易名為情僧，改「石頭記」（書名）為

❶ 甲戌本，卷一，頁二甲面至乙面。

「情僧錄」。至吳玉峰題曰「紅樓夢」。東魯孔梅溪則題曰「風月寶鑑」。後因曹雪芹……纂成目錄，分出章回，……。則題曰「金陵十二釵」，……❷

據此可知：

一、石頭其人是《石頭記》原稿的作者。「石頭記」是最初的書名。

二、寫作時間，是在貧困潦倒中；題材是自己經歷的往事；目的在使閨閣昭傳於世，兼寓自悔自責之意。

三、小說的形式，在曹雪芹加工之前是首尾連貫，一通完整，有如唐人傳奇小說。今日所見者，是曹雪芹將之改為章回小說的面貌。以《石頭記》卷帙浩繁的數十萬言看，章回體裁是比原稿合式。

四、《石頭記》流傳之初，便有「情僧錄」、「紅樓夢」、「風月寶鑑」等異名。後來改成章回形式時，曹雪芹題名「金陵十二釵」。

甲戌本第一回：

（曹雪芹）並題一絕云：

滿紙荒唐言，

❷ 甲戌本，卷一，頁六甲面至八甲面。

一把辛酸淚；
都云作者痴，
誰解其中味。❸

似乎說《石頭記》內容有隱顯兩層意義；作者的創作，是在愧悔共痴情交織，血淚與墨瀋齊飛中完成的。

❸ 甲戌本，卷一，頁八乙面。

曹雪芹對石頭記的加工

甲戌本第一回：

後因曹雪芹于悼紅軒中，披閱十載，增刪五次，纂成目錄，分出章回，則題曰「金陵十二釵」，……[1]

引文中可清楚看到，曹雪芹的加工貢獻。茲分條析研如次：

一、訂定全書的回目（略）

二、刪減了書中某些情節

《石頭記》第十三回回末批：

[1] 甲戌本，卷一，頁八甲面。

「秦可卿淫喪天香樓」，作者用史筆也。老朽因有魂托鳳姐賈家後事二件，嫡是安富尊榮坐享人❷能想得到處。其事雖未漏，其言其意則令人悲切感服。姑赦之。因命芹溪刪去。❸

第十三回的回目，曹雪芹最早擬的應是：

秦可卿淫喪天香樓
王熙鳳協理寧國府

此目對仗工整，（天香樓對寧國府，平仄皆協。）芹溪是曹雪芹的字號。自稱老朽者當是曹雪芹的長輩（筆者以為即是脂批中署名「畸笏」者），命他刪除了「秦可卿淫喪天香樓」一節。曹雪芹只好另擬「秦可卿死封龍禁尉」代之。龍禁尉對寧國府平仄較不協。

再看此回正文的份量，比其他回的正文少很多的狀況。（甲戌本平均每回約十六頁）此回回末眉批：

此回只十頁；因刪去天香樓一節，少却四五頁也。❹

❷ 嫡是，嫡疑是「豈」之誤；坐享人下，疑脫「所」字。
❸ 甲戌本，卷十三，頁一一乙面。
❹ 甲戌本，卷十三，頁一一乙面。

第十三回一共十頁半，而第七回有十四頁，第六回有十五頁，的確少了四五頁。賈蓉捐補龍禁尉文字，只佔兩頁；王熙鳳協理寧國府文字有三頁多。其他五頁是秦可卿死後文字。可見回文一開始是秦可卿死前的「淫」及「喪」的描寫，被刪除了。以至集中在此回後面的兩個情節，勉強成為此回回目。前後失衡顯而易見。

甲戌本第五回：

後面又畫着高樓大廈，有一美人懸梁自縊。其判云：

情天情海幻情身，

情既相逢必主淫。

漫言不肖皆榮出，

造釁開端實在寧。❺

甲戌本第十三回：

人回東府蓉大奶奶沒了。……彼時合家皆知，無不納罕，都有些疑心。

眉批：

❺ 甲戌本，卷五，頁九甲面至乙面。

九個字（指末二句）寫盡天香樓事，是不寫之寫。❻

合家對秦可卿的自縊身亡，納罕她健康的一個人，突然如此；都對其死因感到不解。判詞中用一淫字加在秦（情）可卿身上，而那個「不肖」又是誰？

甲戌本第七回：

焦大亦發連賈珍都說出來。……那裡承望到如今生下這些畜生（牲）來。每日家偷狗戲雞，爬灰的爬灰，養小叔子的養小叔子。❼

已明白點名賈珍污媳了。

三、增添的情節

在第十三回，因刪除了「秦可卿淫喪天香樓」一節，為了轉移死因，不得不補入第十回「張太醫論病細窮源」一節，編述秦可卿不是突然死的，而是病了一段時光才卒。

❻ 甲戌本，卷十三，頁三乙面。

❼ 甲戌本，卷七，頁一五甲面至乙面。

庚辰本第十回：

璜大奶奶……方問道：「今日怎麼沒見蓉大奶奶？」尤氏說道：「他這些日子不知是怎麼着，經期有兩個多月沒來。叫大夫瞧了，又說並不是喜。……這病就是打這個秉性上頭思慮出來的。今兒聽見有人欺負了他兄弟，又是惱，又是氣。」……金氏去後，賈珍方過來，……賈珍說道：「……馮紫英因說起，他有一個幼時從學的先生（老師），姓張，名友士。學問最淵博的；更兼醫理極深，且能斷人的生死。今年是上京給他兒子來捐官，現在他（紫英）家住着呢。……我即刻差人拿我的名帖請去了。……」（次日去診脈）那先生（張友士）笑道：「……要在初次行經的日期，就用藥治起來，不但斷無今日之患，而且此時已全愈（痊癒）了。……此病是憂慮傷脾，肝木特旺，經血所以不能按時而至。……」……於是寫了方子，遞與賈蓉。賈蓉看了說：「高明的很。……」賈珍道：「人家原不是混飯吃久慣行醫的人。……」❽

筆者淺見，「張太醫論病細窮源」一段情節，應是曹雪芹所增。但卻是他「不增之增」的戲法文字。試論證於後：

由上引文知張友士是位儒者，但對醫學有精深的造詣。天緣湊巧，他今年上京來替兒子捐官，

❽ 庚辰本，頁一九五至二〇六。

就住在昔日的學生馮紫英府，而馮府和賈府又是世交，所以賈珍能請到他來為秦可卿診治。

張友士根本不是太醫院的「太醫」，所以有「今年上京」的文字；如果是位「太醫」，何需住在馮紫英家。從賈母等幾次請「太醫」來府診治看，賈府和太醫院的醫師有交情，如何不知有如此高明的太醫呢？有此名醫早就請來了。

筆者管見，回目「張太醫論病細窮源」，假得太明顯，等於說無此太醫；其論病窮源的景況，都是虛增的文字，以掩蓋秦氏死因。

四、補苴不少詩作

庚辰本第二十二回：（惜春詩謎）

> 前身色相總無成，
> 不聽菱歌聽佛經；
> 莫道此生沉黑海，
> 性中自有大光明。

眉批：「此後破失，俟後再補。」

回末附識：暫記寶釵製謎云：

朝罷誰攜兩袖烟？
琴邊衾裡總無緣。
曉籌不用人雞報，
五夜無煩侍女添。
焦首朝朝還暮暮，
煎心日日復年年。
光陰荏苒須當惜，
風雨陰晴任變遷。

詩後批：「此回未成而芹逝矣。嘆嘆！丁亥夏畸笏叟。」

惜春詩後的文字「破失」了，等待「補」上。破失了什麼文字？推測是：

㈠薛寶釵、林黛玉、史湘雲三人的詩謎，甚至李紈的詩謎。

㈡賈政看完詩謎的反應，以及退場情況。有正本所補，貼近原作的風韻。❾甲辰本補筆遠不及有正本。如寶釵更香詩謎，竟派給了黛玉；將寶玉鏡子謎語挪後，與諸釵的詩謎並列；另作竹

❾ 有正本，卷三，頁八一七至八二一。

夫人詩謎，派給寶釵。散場單調；用「杯盤狼藉」形容賈母在座的詩禮世家畢宴散席的不當，❿文風殊不類原作。

曹雪芹增補詩作的情形，除了上述「此回未成而芹逝矣」及「俟後再補」，對此等批語，筆者的解釋是：

1.第二十二回回末稿大約有一頁（今之二頁）或二頁散失了，故眉批云等以後曹雪芹來了再補。並非指《石頭記》故事未寫成。

2.從丁亥（乾隆三十二年）畸笏叟的批，可知曹雪芹只補作了寶釵詩謎一首，識在後頁；尚有黛玉、湘雲等人的詩謎待作。可惜曹雪芹去世了。後來畸笏批到這一回，面對此回的殘卷而興悲嘆。

3.甲戌本第二回的「詩云」，是一首回前詩，和回末「正是」聯語一樣，都是後人作的；不是曹雪芹的補詩。曹雪芹連正文內的詩謎及詩作都沒補完，那裡像後之讀者有閒工夫寫些「詩云」的開場詩句。且看其他回前詩有各本不同的便知。

4.此「詩云」詩下的一條雙行註批：

只此一詩便妙極。此等才情自是雪芹平生所長。余自謂評書，非關評詩也。⓫

---

❿ 甲辰本，頁六八四至六八六。「杯盤狼藉」出〈前赤壁賦〉。

⓫ 甲戌本，卷二，頁二甲面。

這條批語，似乎是兩條不同批者的評語。兩位批者都是後人，不是和脂硯齋、諸公等同時批的人；而是此詩云詩下的批者之一。他知道曹雪芹長於詩，認為此詩「妙極」。他和甲戌本第一回賈雨村口占五言一律云下批者應是同一人。

後人的批顯而易見的，如甲戌本第一回：「乃親斟一斗為賀」。夾批：「這個斗字，莫作升斗之斗看。可笑。」⓬確定也是兩個後人的批。批「可笑」者笑解釋「升斗」的斗字者批得太小看讀者。

五、尚待曹雪芹補作的詩另一個證據

《石頭記》第七十五回：

賈政道：「既這樣，限一個秋字，就即景作詩一首。……寶玉……立想了四句，向紙上寫了，呈與賈政。……當下賈蘭見獎勵寶玉，他便出席，也做了一首，遞與賈政。（賈政）看時（詩字形誤）寫道是

賈政看了，喜不自勝。……不料這次花却（落）在賈環手裏。……便也索紙筆來，立擇（揮

⓬ 甲戌本，卷一，頁一四乙面。

字形誤）一絕與賈政。⓭

寶玉和賈環的詩，作者用避繁法，一筆帶過。而賈蘭這首詩，特標出「寫道是」，必然會出現在正文中，並且行文至此——寫道是　特別於「是」字下留下空白，就表示待負責補詩的曹雪芹來補。

此回的回前一頁（可能是附記）：

乾隆二十一年五月初七日對清。

缺中秋詩，俟雪芹。

開夜宴　發悲音

賞中秋　得佳讖

這應是一張提醒性質的便條，時間是乾隆丙子年五月初七日；附在第七十五回回目前。「缺中秋詩」，應是指賈蘭這一首。另有一首是林黛玉和史湘雲在凹晶館的聯吟，後妙玉邀她們至櫳翠庵小坐，由妙玉將詩續完。仍屬中秋詩，只是在第七十六回。

曹雪芹補完了他全書最後一首，應是在乾隆二十一年五月初七之前。他以為中秋詩都補完了，而

⓭ 庚辰本，頁一七三三。

未發現第七十五回中，尚有賈蘭的一首，留下空白，待他來填。賈蘭詩只能是絕句一首，空白才夠。因此可推，在甲戌年（乾隆十九年）的原抄閱本（非今見的過錄本），賈蘭的中秋詩便缺。庚辰本如此，想己卯本亦然。那麼增刪十年的時間，約始於乾隆十六年，止於乾隆二十五年。工作時間是片段零星的。地點不在曹雪芹家，而是在其叔脂硯先生的「悼紅軒」中。所以會有留些便條提醒他的現象。

林黛玉和史湘雲中秋聯句由妙玉續完一首，是《石頭記》全部最後一首補的詩，證據是甲戌本第一回賈雨村〈中秋對月寓懷〉口號的一首七絕。其眉批云：

用中秋詩起，用中秋詩收；又用起詩社於秋日。所嘆者三春也，卻用三秋作關鍵。⓮

「用中秋詩收」，指的就是黛玉、湘雲和妙玉合作的〈凹晶館中秋夜即景〉五言排律一首。實際是曹雪芹所補作。現存的曹雪芹詩，也多是五言。

除了分回、定目外，動到正文的就是刪減和增補工作。這部分由曹雪芹負責；所以筆者蠡測脂硯先生和其侄曹雪芹合作《紅樓夢》。⓯

⓮ 甲戌本，卷一，頁一四乙面。

⓯ 《紅樓夢研究》，頁一〇九。東大圖書公司，臺北。

甲戌本凡例的誤置

甲戌本《脂硯齋重評石頭記》，有其他各本所無的「凡例」。除凡例外，其中還有「紅樓夢旨義」。其實，凡例和旨義應分開為兩個不相統屬的條目，不能像甲戌本這樣，將旨義歸屬在凡例下，而是要同等分列。

筆者以為所據的原稿次序是：

凡例

書中凡寫長安，……特避其東、南、西、北四字樣也。

此書只是着意于閨中，……不得謂其不均也。

此書不敢干涉朝廷，……又不得謂其不備。

紅樓夢旨義

是書題名極多，□□「紅樓夢」，是總其全部之名也。

又曰「風月寶鑑」，是戒妄動風月之情。
又曰「石頭記」，是自譬石頭所記之事也。
此三名皆書中曾已點睛矣。如寶玉作夢，夢中有曲，名曰〈紅樓夢十二支〉。此則「紅樓夢」之點睛。
又如賈瑞病，跛道人持一鏡來。上面即鏨「風月寶鑑」四字。此則「風月寶鑑」之點睛。
又如道人親眼見石上大書一篇故事，則係石頭所記之往來。此則「石頭記」之點睛處。
然此書又名曰「金陵十二釵」。審其名則必係金陵十二女子也。然通部細搜檢去，上、中、下女子，豈止十二人哉。若云其中自有十二個，則又未嘗指明係某某。及至《紅樓夢》一回中，亦曾翻出金陵十二釵之簿籍，又有十二支曲可考。

凡例共有三條。第一條說明書中寫的榮國府所在的京城，用長安代表，避免出現南京、北京等名字。第二條聲明書的主要內容，是寫閨閣中的人與事；其餘則簡略。第三條聲明不敢干涉朝廷；其中不得不提及，也只是一筆帶過。

旨義分別解釋《紅樓夢》的四個異名。四個書名都來自書中的正文。書中點明的有「紅樓夢」、「風月寶鑑」、「石頭記」；可考的是「金陵十二釵」。

現見的甲戌本的次序是：

凡例（總領五頁文字）

紅樓夢旨義（見上引）

三條凡例文字（見上引）

此書開卷第一回也，作者自云因曾歷過一番夢幻之後，故將真事隱去，而撰此《石頭記》一書也，故曰「甄士隱夢幻識通靈」。但書中所記何事？又因何而撰是書哉？自云……故曰「風塵懷閨秀」乃是第一回題綱正義也。開卷即云「風塵懷閨秀」則知作者本意……但非其本旨耳。閱者切記之。❶

這一段佔二十三行，計三〇八字的一段長文，緊接在凡例後。筆者往年以為屬旨義的大部分文字。今再三審思，以為是第一回的兩條回前批，被抄者誤認而併入了凡例。其後殿的一首七律，也是一首回前詩，不應在凡例後。

❶ 以上引文，見《乾隆甲戌本脂硯齋重評石頭記》，卷一，頁一甲面至三甲面。題曰「紅樓」夢，「紅樓」二字為胡適先生所補。「多」字亦然。

甲戌本過錄年代新探

現見的甲戌本不是乾隆十九年的原抄本，而是後人的一個過錄本。❶如是脂硯齋重抄再評的本子，他不會不知國諱字一定要減末筆的。

甲戌本第二十七回：

寶釵回身……說着便往瀟湘館來。

脂硯齋夾批：

安插一處，好寫一處。正一張口難說兩家話也。❷

抄手將瀟湘館的瀟字，抄成「潚」，顯然其「艹」是後加的，和上文一個「瀟湘館」的「艹」寫法異。若脂硯齋本人抄，則絕對不會錯誤如此；且他有夾批，豈不會發現？可見此本是很後的抄手文化水平低的疏忽。

❶ 《紅樓夢研究》，頁一〇一。東大圖書公司，臺北。

❷ 甲戌本，卷二七，頁二甲面。

甲戌本第二十六回：

黛玉……一步步行來，見寶釵進寶玉的院內去了，自己也便隨後走了來。

眉有墨批「此層尚虛」四字。在「寶釵進寶玉的院內去了」右旁每字加點。其第四、五、六行行末兩字間，有四個大小不等的墨點。三者同一墨色，比正文的墨色微濃。❸眉批應是收藏者劉銓福的筆跡。他先在此句旁加點，再寫眉批。四個墨點似小孩指頭印痕。似乎他在評點時一手抱有一小孩，此孩指頭在硯上蘸到墨，在劉氏寫眉批時，伸指頭觸摸到紙上。此本後有劉氏的跋文，和胡適先生的眉批：「他初跋此本，在同治二年癸亥（一八六三）五月廿七日。」❹

從以上三種跡象的論證，明顯可知現見的甲戌本，是同治二年前的過錄本。

---

❸ 甲戌本，頁二〇七。胡適紀念館。

❹ 甲戌本，頁二四六。胡適紀念館。

脂硯齋重評石頭記己卯本過錄年代新探

一、該書的出版說明

(一)原抄主是怡親王弘曉。從「曉」字及「祥」字缺末筆避諱可知。(允祥與弘曉是父子)

(二)後為董康收藏（此本），再轉入陶洙之手時，只殘存：

第一至二十回、

第三十一至第四十回、

第六十一至第七十回；

第六十四回及第六十七回原缺，又首回前缺三頁半，第十回缺一頁半。陶洙補足此兩回缺頁。

第五十五回後半回、

第五十六至第五十八回、

第五十九回前半回為近年新發現……為已散失部分之怡親王府抄本。——里仁書局

二、該本應是據怡王府原抄本的過錄本

該抄本由七位主要抄手及三位次要抄手抄成。其中有五位抄手書法較好，有幾位欠佳。如果是怡府原抄本，應不會出現這些書法欠佳者的筆跡。

該抄本應是據怡王府抄本的過錄本；過錄的年代很晚，筆者找到一條證據是：

該書的第十回「璜大奶奶……瞧了車就坐上，望寍府里來。到了『寍』府，……」❶

第二個寧字這種寫法，是避道光皇帝「旻寧」的寧字而缺末筆。此一抄手筆跡不少，是書法較好的一位。這就是筆者推該本不是怡王府原抄本，而是道光時的一個從怡府過錄的本子。

❶ 己卯本，頁九七下。里仁影印版，臺北。

全抄本楊繼振題署新論

拙著〈堇堇蓮公與佛眉〉，推測「堇堇」是楊繼振的又號。❶溫故而知新，今提證據以補此又號的二個字（重文）的字形。

全抄本范寧的跋文：「這個抄本的早期收藏者楊繼振，字又雲，號蓮公，別號燕南學人，晚號二泉山人。……是一位有名的書畫收藏家。原書是用竹紙、墨筆抄寫的，蓋有『楊印繼振』、『江南第一風流公子』、『猗歟又雲』、『又雲攷藏』等圖章。……」❷

這個手抄本的收藏者楊繼振親筆題簽是「紅樓夢稿　乙卯秋月　堇〻重訂」。「堇堇」二字是潘先生石禪的釋文。（乙卯是咸豐五年）

《詩經・周頌・潛》：「宜爾子孫振振兮。」朱熹《集傳》：「振振，盛貌。」❸又：「宜爾子孫繩繩兮。」余培林《正詁》申之曰：「繩繩，衆多而不絕也。」❹

---

❶《紅樓夢研究》，頁七四至七六。東大圖書公司，臺北。

❷《乾隆抄本百廿回紅樓夢稿》（全抄本），頁一三六五。鼎文書局，臺北。

❸十三經注疏《詩經》，頁七三三。縮印阮刻本，藝文印書館，臺北。

❹余培林《詩經正詁》，頁一九至二〇。三民書局，臺北。

《爾雅・釋詁》：「續，……繼也。」疏：「皆聯繼不絕也。」❺

楊繼振的名字，取義不絕而盛多。其字「又雲」，意即雲綿綿不絕而盛多，與其名「繼振」相合。

楊氏題簽「重訂」上面兩個草書的字（第二字作重文號）是什麼楷體字？試證如後：

《文選》木玄虛〈海賦〉：「靉靆雲布。」李善注：「靉靆，闇闇貌。」❻雲盛多則天色昏暗。

《廣韻》：「薆，薆薱，草盛。」「薱，草盛。」❼

《史記・司馬相如傳》：「時若薆薆將混濁兮，召屏翳誅風伯而刑雨師。」❽薆薆指雲盛多而天將大雨。

楊氏字「又雲」，意即多雲，與「薆薆」雲盛多義同。所以其題簽是「薆〻重訂」。薆薆是其又號。草書的「薆薆」，和草書的「堇堇」很近似，易看走眼。

---

❺《爾雅》，頁一〇。藝文印書館，臺北。

❻《昭明文選》，頁一二〇。藝文印書館，臺北。

❼《廣韻》，頁三九〇、三八七。藝文印書館，臺北。

❽《史記》，頁三〇六〇。國史研究室，臺北。

甲戌本脂批補校

甲戌本只有十六回（一至八，十三至十六，二十五至二十八），可是脂批卻很多。前人已有對各脂評本的彙校，本文則僅就甲戌本的脂批做一校記，以補前人所未言者，或意與前人所校相異者。

第一回：

花柳繁華地，溫柔富貴鄉，……

夾批：

伏大觀園，伏紫芸軒。❶

「紫」當為「絳」。絳芸軒為寶玉在賈母屋中的書房。

不敢稍加穿鑿，……

---

❶ 甲戌本，卷一，頁五乙面。

眉批：

書中之秘法，亦不復少，……❷

「亦不復少」當為「亦復不少」。

那僧則癩頭跣足，那道跛足蓬頭。

夾批：

此門是幻像。❸

陳慶浩增訂本《新編石頭記脂硯齋評語輯校》（以下簡稱陳校）「道」下補「則」字，是；「王府 10a、有正 19 無『門』字，甲辰 10a 此則是幻像。」❹

「門」當作「乃」。

---

❷ 甲戌本，卷一，頁七乙面。

❸ 甲戌本，卷一，頁一一乙面。

❹ 陳慶浩《新編石頭記脂硯齋評語輯校》增訂本，頁一二一。聯經出版事業公司，臺北。

蛛絲兒結滿雕梁，……

夾批：

瀟湘館，紫芸軒等處。❺

「紫」當為「絳」。（見上）

第三回：

否則不但不有污尊兄之清操，……

夾批：

寫如海實不寫政老，所謂此書有不寫之寫是也。❻

正文「則」字右旁加，「污」上左旁加「有」字，為孫桐生筆跡。意為脫「則」字；「污」上的「不」為「有」之誤。「如海實不」，「不」字疑衍。

❺ 甲戌本，卷一，頁一八甲面。

❻ 甲戌本，卷三，頁二甲面。

批語「寫如海實不寫政老」，「不」為「亦」之誤。二字草書近似。

陳校：「寫如海實不（系）寫政老。」❼以「不」為「系」之誤。

其舉止言談不俗，身體面龐雖怯弱不勝，卻有一段自然風流態度。

夾批：

寫美人是如此筆伏，……❽

「伏」當為「仗」。

聽得來了一個癩頭和尚，說……如今還是喫人參養榮丸。

眉批：

黛玉為正十二釵之貫（當為冠），反用暗筆，蓋正十二釵人或洞悉可知；副十二釵或恐觀者惑略，故寫極力一提。❾

❼ 陳慶浩《新編石頭記脂硯齋評語輯校》增訂本，頁五七。聯經出版事業公司，臺北。

❽ 甲戌本，卷三，頁五甲面。

❾ 甲戌本，卷三，頁五乙面。

「寫」當作「為」。

學名叫王熙鳳。

夾批：

然此偏有學名的，反到不識字，……⑩

「到」當為「倒」。

大家一處伴著，亦可以解些煩悶，……

眉批：

余久不作此語矣，見此語未免一醒。⑪

「作」當為「聽」，簡體字作「听」，與「作」形近而誤。

按此眉批提前了四行，不對位。茲移後於引句眉上。

⑩ 甲戌本，卷三，頁六甲面。

⑪ 甲戌本，卷三，頁八甲面。

只在這正室東邊的三間耳房內，……

夾批：

黛玉由正室一段而來，是為拜見政老耳，故進東房。⓬

「段」當作「路」。

二舅母生的有個表兄乃啣玉而誕，頑劣異常，……

眉批：

這是一段反襯章法。黛玉心用猜度蠢物等句着去，方不失作者本旨。⓭

「用」當作「中」。「着」當作「看」。

寶玉看罷，因笑道，……

⓬ 甲戌本，卷三，頁九乙面。

⓭ 甲戌本，卷三，頁一〇乙面。

眉批：

黛玉見寶玉，寫一驚字；寶玉見黛玉，寫一笑字。一存于中，一發乎外。可見文于下筆必推敲的准穩，方纔用字。⓮

「文于」之「于」當為「章」。「准」當為「準」。

第四回：

老爺真是貴人多忘事，把出身之地竟忘了。

夾批：

剎心語。自招其禍，亦因誇能恃才也。⓯

「剎」當為「刺」，形近而誤。

這也是他們的孽障，遭遇亦非偶然。

⓮ 甲戌本，卷三，頁一四乙面。

⓯ 甲戌本，卷四，頁二乙面。

眉批：

美中不足，好事多魔，……16

「魔」當為「磨」，見第十六回脂硯齋夾批。17

寶釵日與黛玉、迎春姊妹等一處，或看書着棋，或做針黹，到也十分樂業。

眉批：

金玉如見卻如此寫，虛虛實實，總不相犯。18

金玉如見，「如」當作「初」，形近而誤。按此「金玉」，指薛寶釵和林黛玉而言。

第五回：

不想如今忽然來了一個薛寶釵，……

16 甲戌本，卷四，頁六甲面。

17 甲戌本，卷十六，頁二甲面。

18 甲戌本，卷四，頁二甲面。

夾批：

總是奇峻之筆，寫來健跋，似新出之一人耳。⑲

「跋」當作「拔」。

不過皆是寧榮二府女眷家宴小集，……

夾批：

這是第一家晏，……⑳

陳校：「這是第一家宴」㉑引文直接改「晏」為「宴」。陳校是。

第六回：

先找著了鳳姐的一個心腹通房的大丫頭，……

⑲ 甲戌本，卷五，頁一甲面。

⑳ 甲戌本，卷五，頁二甲面。

㉑ 陳慶浩《新編石頭記脂硯齋評語輯校》增訂本，頁一一六。聯經出版事業公司，臺北。

雙行批：

着眼。這也是書中一要緊人，「紅樓夢」內雖未見有名，想亦在副冊內者也。❷

陳校：「『紅樓夢』曲內雖未見有名，想亦在副冊內者也。」（『曲』為墨筆加上）❷所加「曲」字為孫桐生筆跡。

「『紅樓夢』內」，「內」當作「曲」，形近而誤。「未見有名」，「有」當作「其」。

手內拿著小銅火炷兒，撥手爐內的灰。

夾批：

至平□實至奇，稗官中未見此筆。❷

缺文當為「至」。

陳校：「〔靖藏眉批〕雖平常而至奇，稗官中未見。」❷

---

❷ 甲戌本，卷六，頁八乙面。

❷ 陳慶浩《新編石頭記脂硯齋評語輯校》增訂本，頁一四七。聯經出版事業公司，臺北。

❷ 甲戌本，卷六，頁一〇乙面至一一甲面。

❷ 陳慶浩《新編石頭記脂硯齋評語輯校》增訂本，頁一五〇。聯經出版事業公司，臺北。

周瑞家的道，沒甚說的便罷；若有話，回二奶奶是和太太一樣的。

夾批：

周婦係真心為老嫗也，可謂得方便。㉖

「得」當為「行」，行草書二字相近。

他們今兒既來了，瞧瞧我們，是他們的好意思。

眉批：

王夫人數語，令余幾□哭出。㉗

陳校：「王夫人數語，令余幾（欲）哭出。」㉘缺文補「欲」字。

缺文當為「幾」的重文號「〻」。甲戌本第二十五回：「拉了靴子，便一頭滾在王夫人懷內」，

㉖ 甲戌本，卷六，頁一二甲面。

㉗ 甲戌本，卷六，頁一四乙面。

㉘ 陳慶浩《新編石頭記脂硯齋評語輯校》增訂本，頁一五四。聯經出版事業公司，臺北。

夾批：「余幾幾失聲哭出」㉙可證。蓋重文號〻用筆輕，易致漫漶。不從陳校。

第七回：

黛玉再看了一看，冷笑道，我就知道，別人不挑剩下的也不給我。替我道謝罷。

夾批：

吾實不知黛卿胸中有何丘壑。再看一看上仿神。㉚

「仿」當為「傳」。「上」旁添，應為後人所加。按「再看一看，傳神」，應批在上一行「黛玉再看了一看」右側，錯抄在此，故後人添「上」字表明應在上行。與「吾實不知黛卿胸中有何丘壑」是兩條批。

又眉批：

余問送花一回……恒河沙數之筆也。㉛

㉙ 甲戌本，卷二五，頁三甲面。

㉚ 甲戌本，卷七，頁八甲面。

㉛ 甲戌本，卷七，頁八甲面。

「問」當為「閱」。

上回寶叔立刻要見我兄弟，他今兒也在這裡。

眉批：

欲出鯨卿，卻先小妯娌閑閑一聚，隨筆帶出，不見一絲作造。㉜

「小」當作「以」。

第八回：

老爺在夢坡齋小書房裡歇中覺呢。

夾批：

妙，夢遇坡之處也。㉝

甲辰本作「妙，夢遇坡仙之處也。」㉞

㉜ 甲戌本，卷七，頁一〇乙面。

㉝ 甲戌本，卷八，頁二甲面。

㉞ 甲辰本，頁二六五。書目文獻出版社影印，北京。

此有二可能。一為甲戌本抄手脫「仙」字。一為甲辰本抄手加「仙」字，而「之」字原作「公」。誤認「公」行草書為「之」。

罕言寡語，人謂藏愚；安分隨時，自云守拙。

雙行批：

這方是寶卿正傳，與前寫代（黛）玉之傳一齊參看，各極其妙，各不相犯。使其人難其左右于毫末。㉟

末句似作「使人難左右于其毫末。」

原來姐姐那項圈上也有八個字，我也賞鑒賞鑒。

眉批：

恨顰兒不早來聽此數語。若使彼聞之，不知又有何等妙少趣語，以悅我等心憶。㊱

㉟ 甲戌本，卷八，頁三乙面。

㊱ 甲戌本，卷八，頁五甲面。

「少」當作「言」。抄手涉上文偏旁而誤。孫桐生墨筆改為「論」。

珍大嫂子的好鵝掌、鴨信。

雙行批：

為前日秦鍾之事，恐觀者忘卻，故忙中閑筆，重一縇染。㊲

「縇」當作「渲」。

從此還不快不要喫那冷的呢。

雙行批：

……可笑別小說中，一首歪詩，幾句淫曲，便自佳人相許，豈不醜殺。㊳

「自」下當脫「以」字，或「自」當作「以」。

第十五回：

㊲ 甲戌本，卷八，頁七甲面。

㊳ 甲戌本，卷八，頁七乙面。

寶玉不知與秦鍾算何賬（帳）目，未見真切，……

雙行批：

特用二三件隱事，借石之未見真切，談談隱去，……[39]

第十六回：

「石之」當作「石兄」。指作者石頭。

誰知近日水月庵的智能私逃進城，……

夾批：

好筆伏，好機軸。[40]

「伏」當作「仗」。

第二十五回：

---

[39] 甲戌本，卷十五，頁一〇乙面。

[40] 甲戌本，卷十六，頁三乙面。

只有彩霞還和他合的來，……

夾批：

暗中又伏一風月之隙，……41

「隙」當作「情」。見下文雙行批：「風月之情皆係彼此業障所牽，……」

薛蟠比請人忙到十分去，又恐薛姨媽被人擠倒，……

夾批：

寫獃兄忙，是愈覺忙中之愈忙，且避正文之絮煩。好筆伏，寫得出。42

「伏」當作「仗」。

他二人竟漸漸的醒來，……

---

41 甲戌本，卷二五，頁二乙面。

42 甲戌本，卷二五，頁一二乙面。

夾批：

能領持頌，故如此靈傚。㊸

「傚」當作「效」。

第二十六回：

那寶玉便和他說些沒要緊的散話。

雙行批：

妙極，是極。況寶玉又有何正緊可說的，……㊹

「正」字旁添，當為「要」字。

送出賈芸，回來找紅玉，不在話下。

雙行批：

㊸ 甲戌本，卷二五，頁一六乙面。

㊹ 甲戌本，卷二六，頁六甲面。

至此一頓，狡猾之甚。原非書中正文之人，寫來門色耳。[45]

陳校：「庚辰（本）『門』作『間』，……」[46]「門」當作「間」。

回頭看時，見是薛蟠拍著手跳了出來，笑道，……

夾批：

如此戲弄，非獃兄無人。[47]「無」下當脫「他」字。

見寶釵進寶玉的院內去了。

夾批：

[45] 甲戌本，卷二六，頁七甲面。

[46] 陳慶浩《新編石頭記脂硯齋評語輯校》增訂本，頁五〇六。聯經出版事業公司，臺北。

[47] 甲戌本，卷二六，頁九乙面。

《石頭記》是最好看處，此等章法。㊽

「記」下「是」字衍。「此」前當有「是」字。

晴雯越發動了氣，也並不問是誰，……

夾批：

犯代（黛）玉如此寫明，……㊾

「明」當為「法」。

第二十七回：

滿園中繡帶飄飄，花枝招展，……

夾批：

數句大觀園景，倍勝省親一回，在一園人俱得閑閑尋樂上看，被時只有元春一人閑耳。㊿

㊽ 甲戌本，卷二六，頁一三乙面。

㊾ 甲戌本，卷二六，頁一四甲面。

㊿ 甲戌本，卷二七，頁二甲面。

「在」當為「此」。與下句「彼」對文。

陳校：「『被』作『彼』」，是。

李紈笑道：噯喲喲，這話我就不懂了。

夾批：

紅玉今日遂心如意，卻為寶玉後伏線。51

「後」下當脫「文」字。後文指「獄神廟回內」（見本回下文夾批）。

探春便笑道，寶哥哥身上好。整整三天沒見了。

夾批：

橫雲裁嶺，……52

「裁」當作「截」，本回末總評：「《石頭記》用截法、岔法，……」可證。53

51 甲戌本，卷二七，頁七甲面。

52 甲戌本，卷二七，頁九乙面。

53 甲戌本，卷二七，頁一三乙面。

花謝花飛飛滿天，……（〈葬花吟〉全首）

眉批：

開生面，立新場，是書多多矣，惟此回處生更新。非顰兒斷無是佳吟，非石兄斷無是情聆。難為作者了，故留數字以慰之。[54]

「處生更新」，陳校引庚辰本作「更生更新」；「非石兄斷無是情聆」，引靖藏本「聆」下多一「賞」字。[55]

「賞」字衍。「情聆」對上句「佳吟」。

第二十八回：

由不得感花傷己，哭了幾聲，便隨口唸了幾句，……

眉批：

不言鍊句鍊字，詞藻工拙，只想景想情，想事想理，反復追（推）求，悲傷感慨乃玉兄一

[54] 甲戌本，卷二七，頁一二甲面。

[55] 陳慶浩《新編石頭記脂硯齋評語輯校》增訂本，頁五三〇。聯經出版事業公司，臺北。

生天性，真顰兒不（之）知己，則實無再有者，……余幾點金成錸之人，笨甚笨甚。56

括號內字，據陳校補。「真顰兒不知己」，「真」疑為「若」字之誤。

「幾」下當脫「為」字。

那黛玉正自悲傷，忽聽山坡上，……

眉批：

一大篇「葬花吟」卻如此收拾，真好機思筆伏，令人焉得不叫絕稱奇。57

「伏」當為「仗」。

56 甲戌本，卷二八，頁一甲面。

57 甲戌本，卷二八，頁一甲面。

文苑叢書

■紅樓夢與中華文化

周汝昌／著

本書為周汝昌先生眾多《紅》學論著中，少數授權臺灣出版社發行的作品之一，為其致力研究《紅》學四十多年的成果精粹。書中特從文、史、哲「三位一體」的角度與層次來論證《紅樓夢》這部中華文化史上的奇蹟，提出《紅樓夢》形式上雖是章回小說，但其內容卻是一部偉大的悲劇，精神更已達到抒情詩的境界，三者融然不分；作者曹雪芹則是身兼大詩人、大思想家、大史學家的綜合型奇才。全書觀點不同流俗，創見豐厚，為你我發掘《紅樓夢》的新風貌。

■古典小說選讀

丁肇琴／編著

古典小說是中國文學中的瑰麗珍寶，也是了解當時社會文化的一項重要材料。本書從六朝至明清之際浩如煙海的小說作品中，精選最具代表性、趣味性、文學性和社會性的名家名作，並輔以精確的注釋及深刻的賞析，堪稱古典小說選集的範本。特別的是，本書還加上「延伸閱讀」這一單元，不僅提供讀者閱讀相關文本或論文的捷徑，也更能貼近作家的心靈。

■語文深淺談——從比喻到燈謎

洪邦棣／著

你知道比喻也有死活之別嗎？你知道〈桃花源記〉中漁人才是故事的靈魂人物，而臺灣古代也有自己的桃源故事嗎？你知道用「國慶日」猜「朝」這個字是源自於測字嗎？……答案盡在本書。作者集教學、研究、寫作等多重經驗，本著言人所未言、發人所未發的立言態度，透過深入淺出、事理相發的談論技巧，引領讀者進入日用而不知的語文領域，發掘大家習焉不察的語文問題，揭開語文表象下隱藏的美學上、哲學上的奧祕。

文苑叢書

■陳寅恪晚年詩文釋證

余英時／著

本書是作者四十年來研究陳寅恪史學觀念和文化精神的總集結。一九四九年以後，陳寅恪已成為中國大陸上唯一未滅的文化燈塔。但在文字獄猖獗的時代，他的史著不得不儘量曲折幽深，詩文也不得不用重重「古典」包裹「今情」，因此形成了一環套一環的暗碼系統。本書作者在八十年代破解了他的暗碼系統，使其晚年生活與思想的真相重顯於世。十餘年來本書所激發的爭議不斷擴大，並引出了大批有關陳寅恪晚年的檔案史料。作者利用新史料增寫了兩篇長文，更全面地闡明他的價值系統和史學思想。

■寒山子研究

陳慧劍／著

寒山子，一個唐代的普通寒巖老客，生活平淡如水，然而他的心靈卻化合於自然與宇宙間，無限豐足，無限廣大。在寒山子的生命中，有你也有我，更有著不朽與超然的精神，讀他的詩，彷彿他依舊活在寒巖，呼吸著一山風月。他也是詩人，除了使用曲折的手法，以活潑的口語，間用生動的方言，淺近的白話，表達優美的大自然情境外，更藉此襯出高深的人生哲理，把生活融合在哲理之中，他的哲學即是他的生活，而他把佛理表現在生活裡，把生活寫成詩。

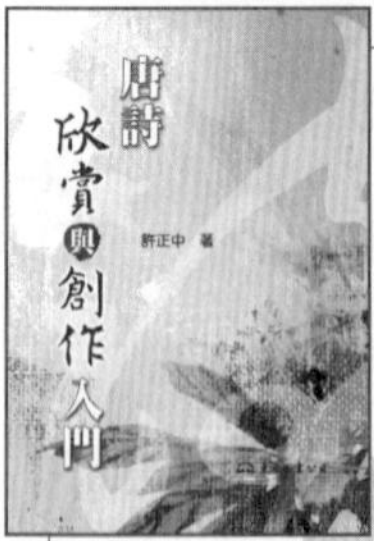

■唐詩欣賞與創作入門

許正中／著

唐詩是中國文學之精華，不論律詩或絕句，五言或七言，每首詩的字數、句數、聲韻等，都有其特定的格式。瞭解其規則要素，是掌握欣賞與創作的入門之鑰。本書首先略述近體詩之源流，再分章就其聲韻特質與相關要素，如平仄、押韻、格式、對偶等，舉實例加以說明，末章並就近體詩之作法與析賞述其大要。相信可讓讀者進一步深入體會唐詩的奧妙，獲得欣賞與創作唐詩之樂。

文苑叢書

■宋代園林及其生活文化

侯迺慧／著

園林自唐代開始，已成為中華文化中一個非常重要的內容。因為園林的興盛，使它成為中國人生活傳統中非常普遍，而且與日常生活密切相關的環境背景。宋代園林，則是中國園林史上最典型也是進入藝術高峰的時期。本書即以宋代詩文為主要依據，透過對詩文整理、解讀和分析，證以其他史籍地志、筆記叢談的記述，加以作者親身的山居園遊體驗，來探討宋代的園林藝術成就以及園林生活內容和文化意涵。

■中國歷代故事詩

邱燮友／著

文化中的璀璨瑰寶——故事詩，是用詩歌的方式，來鋪述一則故事的長篇敘事詩。中國的故事詩，大抵用音樂或樂曲來說故事，因而多為樂府詩的形式。換言之，將小說的題材，用詩歌的方式表達，便成為故事詩。每個時代都有動人的故事在發生，這些有血有淚、有情有義的故事，經民間詩人或文人透過詩歌、音樂記錄下來，就如同四季的風，催開每季不同的花朵，然後在和煦的陽光下，展現婀娜多姿的姿態，令人搖蕩情靈，吟頌不已。

■唐人小說

柯金木／編著

本書共分為五個教學單元，收錄十四篇唐人小說，各篇均有導讀、正文、眉批、注釋、譯文、析評、問題與討論七個部分，作為基本閱讀、研習的依據。在內容編排上，重視即知即用，淺顯易懂，並有完整的課程搭配介紹。在教學思維上，強調由教師引導學生思考，以及多向互動的學習觀點，既有個別獨立的章旨討論，也有網絡串聯的單元分析表。另有課前活動、課後活動的設計，可以有效激發學習興趣，提高學習成效。

文苑叢書

■水經注擷英解讀

陳橋驛／著

北魏酈道元所著《水經注》是中國第一部以記載河道水系為主的綜合性地理著作，在中國地理、考古、水利學上具有重要地位，堪稱中國山水散文的顛峰之作。本書作者一生研究《水經注》，對酈學研究貢獻卓著，他以畢生研究和考據成果為基礎，擷錄《水經注》之「英華」，精心詳作「解讀」，既解佳處，又解難處。全書經、注文記敘詳實，觀點深入淺出，不僅可供酈學研究者作為評議參考，也適合一般讀者閱讀欣賞。